U0962343

副刊文丛 主编 李辉 王刘纯

深圳，唤起城市的记忆

王军 刘悠扬 编

中原出版传媒集团
中原传媒股份公司
大象出版社
·郑州·

图书在版编目(CIP)数据

深圳，唤起城市的记忆／王军，刘悠扬编.— 郑州：大象出版社，2020.3
(副刊文丛／李辉，王刘纯主编)
ISBN 978-7-5711-0502-0

Ⅰ.①深… Ⅱ.①王… ②刘… Ⅲ.①散文集-中国-当代 Ⅳ.①I267

中国版本图书馆 CIP 数据核字(2020)第 011331 号

深圳，唤起城市的记忆

SHENZHEN,HUAN QI CHENGSHI DE JIYI

王 军 刘悠扬 编

出 版 人 王刘纯
项目统筹 李光洁 成 艳
责任编辑 徐湑琪
责任校对 陶媛媛 倪玉秀
封面设计 段 旭
内文设计 杜晓燕

出版发行 大象出版社(郑州市郑东新区祥盛街 27 号 邮政编码 450016)
发行科 0371-63863551 总编室 0371-65597936
网 址 www.daxiang.cn
印 刷 河南瑞之光印刷股份有限公司
经 销 各地新华书店经销
开 本 787 mm×1092 mm 1/32
印 张 8
字 数 105 千字
版 次 2020 年 3 月第 1 版 2020 年 3 月第 1 次印刷
定 价 39.00 元

若发现印、装质量问题，影响阅读，请与承印厂联系调换。
印厂地址 河南省武陟县产业集聚区东区（詹店镇）泰安路
邮政编码 450012 电话 0371-63956290

“副刊文丛”总序

李 辉

设想编一套“副刊文丛”的念头由来已久。

中文报纸副刊历史可谓悠久，迄今已有百年。副刊为中文报纸的一大特色。自近代中国报纸诞生之后，几乎所有报纸都有不同类型、不同风格的副刊。在出版业尚不发达之际，精彩纷呈的副刊版面，几乎成为作者与读者之间最为便利的交流平台。百年间，副刊上发表过多少重要作品，培养过多少作家，若要认真统计，颇为不易。

“五四新文学”兴起，报纸副刊一时间成为重要作家与重要作品率先亮相的舞台，从鲁迅的小说《阿Q正传》、郭沫若的诗歌《女神》，到巴金的小说《家》等均是在北京、上海的报纸副刊上发表，从而产生广泛影响的。随着各类出版社雨后春笋般出现，杂志、书籍与报纸副刊渐次形成三足鼎立的局面，但是，不同区域或大小城市，都有不同类型的报纸副刊，因而形成不同层面的读者群，在与读者建立直接和广泛的联系方面，多年来报纸副刊一直占据优势。近些年，随着电视、网络等新兴媒体的崛起，报纸副刊的优势以及影响力开始减弱，长期以来副刊作为阵地培养作家的方式，也随之隐退，风光不再。

尽管如此，就报纸而言，副刊依旧具有稳定性，所刊文章更注重深度而非时效性。在新闻爆炸性滚动播出的当下，报纸的所谓新闻效应早已滞后，无法与昔日同日而语。在我看来，唯有副刊之类的版面，侧重于独家深度文章，侧重于作者不同角度的发现，才能与其他媒体相抗衡。或者说，只有副刊版面发表的不太注重新闻时效的文章，才足以让读者静下心，选择合适时间品茗细读，与之达到心领神会的交融。这或许才是一份报纸在新闻之外能够带给读者的最佳阅读体验。

1982年自复旦大学毕业，我进入报社，先是编辑《北京晚报》副刊《五色土》，后是编辑《人民日报》副刊《大地》，长达三十四年的光阴，几乎都是在编辑副刊。除了编辑副刊，我还在《中国青年报》《新民晚报》《南方周末》等的副刊上，开设了多年个人专栏。副刊与我，可谓不离不弃。编辑副刊三十余年，有幸与不少前辈文人交往，而他们中间的不少人，都曾编辑过副刊，如夏衍、沈从文、萧乾、刘北汜、吴祖光、郁风、柯灵、黄裳、袁鹰、姜德明等。在不同时期的这些前辈编辑那里，我感受着百年之间中国报纸副刊的斑斓景象与编辑情怀。

行将退休，编辑一套“副刊文丛”的想法愈加强烈。尽管面临新媒体的挑战，不少报纸副刊如今仍以其稳定性、原创性、丰富性等特点，坚守着文化品位和文化传承。一大批副刊编辑，不急不躁，沉着坚韧，以各自的才华和眼光，既编辑好不同精品专栏，又笔耕不辍，佳作迭出。鉴于此，我觉得有必要将中国各地报纸副刊的作品，以不同编辑方式予以整合，集中呈现，使纸媒副刊作品，在与新媒体的博弈中，以出版物的形式，留存历史，留存文化，便于日后人们借这套丛书领略中文报纸副刊（包括海外）曾经拥有过的丰富景象。

“副刊文丛”设想以两种类型出版，每年大约出版二十种。

第一类：精品栏目荟萃。约请各地中文报纸副刊，挑选精品专栏若干编选，涵盖文化、人物、历史、美术、收藏等领域。

第二类：个人作品精选。副刊编辑、在副刊开设个人专栏的作者，人才济济，各有专长，可从中挑选若干，编辑个人作品集。

初步计划先从20世纪80年代开始编选，然后，再往前延伸，直到“五四新文学”时期。如能坚持多年，相信能大致呈现中国报纸副刊的重要成果。

将这一想法与大象出版社社长王刘纯兄沟通，得到王兄的大力支持。如此大规模的一套“副刊文丛”，只有得到大象出版社各位同人的鼎力相助，构想才有一个落地的坚实平台。与大象出版社合作二十年，友情笃深，感谢历届社长和编辑们对我的支持，一直感觉自己仿佛早已是他们中间的一员。

在开始编选“副刊文丛”过程中，得到不少前辈与友人的支持。感谢王刘纯兄应允与我一起担任丛书主编，感谢袁鹰、姜德明两位副刊前辈同意出任“副刊文丛”的顾问，感谢姜德明先生为我编选的《副刊面面观》一书写序……

特别感谢所有来自海内外参与这套丛书的作者与朋友，没有你们的大力支持，构想不可能落地。

期待“副刊文丛”能够得到副刊编辑和读者的认可。期待更多朋友参与其中。期待“副刊文丛”能够坚持下去，真正成为一套文化积累的丛书，延续中文报纸副刊的历史脉络。

我们一起共同努力吧！

2016年7月10日，写于北京酷热中

目录

唤起城市记忆从“发现深圳”做起（序）

王　军

深圳是一座年轻的城市，经过改革开放40年的发展，从岭南偏居一隅的所在崛起成为繁华的国际化大都市。人们对深圳的印象普遍是经济特区、改革开放排头兵，还有年轻和激情，而对改革开放之前特别是更远之前的历史知之甚少。“从一个小渔村发展为大都市”，这是描述深圳最常见的说法，这句话很有感染力，但并不准确。

深圳发展到今天，已经成为与北上广比肩的国内一线城市，而且在经济飞速发展的同时，把“文化立市”“文化强市”作为城市发展的重要支撑，文化产业方兴未艾，文化事业蓬勃向上。作为城市文化守望者的《深圳商报》文化副刊《文化广场》，从2016年11月起，开设了《发现深圳周刊》，每周一期，着力于挖掘和整理深圳的历史文化和民俗传统，并将专家学者关于深圳历史和民俗的最新研究成果及时报道传播出去，为广大读者和社会各界所知晓。

在编辑《发现深圳周刊》的过程中，我们发现深圳这座年轻的城市同样蕴藏着丰厚的历史宝藏和丰富的民俗传统。单从文化上看，深圳历史上就是几大文化的交会点，东部龙岗、坪山的客家文化，西部珠江口沿岸的广府文化，还有潮汕文化以及清末民初外来的西方文化，在此交织融合，积聚成深厚的历史文化底蕴。

深圳既滨海又靠山，山海之间蕴含着多少人文故事和历史沉淀，这些都需要我们不断地挖掘整理，并展示给人们，从而唤起这座城市的历史记忆，积聚这座城市的文化厚度。作为这座城市主流媒体的文化副刊，我们义不容辞，任重道远。在此，我们选取了《发现深圳周刊》一批文章，编辑成书，呈现给读者，希望能够给您展示一个更加丰富多彩的深圳。

2018 年 4 月 12 日于深圳

深圳七千年前的文化遗存

夏和顺

位于深圳大鹏半岛的咸头岭遗址，是距今约7000年的文化遗存，是目前珠三角地区唯一一处可以比较全面反映新石器时代中期考古学文化面貌的遗址，也是深圳这座年轻城市的骄傲。因其具有典型性和代表性，学术界常将珠三角地区同时期文化遗存统称为咸头岭文化。

日前，深圳市文物考古鉴定所所长任志录、著名考古学者张一兵，以及《深圳古代史》一书的作者陈海滨分别接受记者采访，介绍并解析咸头岭文化。陈海滨认为，从新石器时代中期到先秦时期，深圳地区便是广东一带的文化中心，咸头岭文化便是重要的证据。

深圳最早有人类活动的遗迹

人类发展的物质文化水准以制造和使用石制工具为最早代表，考古学上将早期人类历史分期的第一个时代称为石器时代，即从人类出现到青铜器的产生。而根据石制工具的制作特点和复杂程度，又分旧石器时代和新石器时代。

旧石器时代是指以使用打制石器为标志的人类物质文化发展阶段，距今约300多万年至1万年，其遗存在我国有元谋人遗址、山顶洞遗址及广东的曲江马坝人遗址等。新石器时代是指以使用磨制石器为标志的人类物质文化发展阶段，这一阶段中发明了陶器，出现了原始农业和畜牧业。著名的新石器时代文化遗存，在中国有仰韶文化遗址、河姆渡遗址、半坡遗址、大汶口遗址、良渚文化遗址等。广东主要的新石器时代遗址则有封开黄岩洞遗址、阳春独石仔洞穴遗址、英德青塘遗址和曲江石峡遗址等。

新石器时代往往又分为早期、中期和晚期三个时段。一般认为，岭南新石器时代早期距今约 12000 年至 7000 年，中期距今约 7000 年至 5000 年，晚期距今约 5000 年至 4000 年。深圳地区大致采用这种分期，其新石器时代晚期可延续至距今约 3500 年。

深圳地区迄今发现的最早古人类文化遗存即处于新石器时代中期，最为著名的为咸头岭遗址，另外尚有大黄沙遗址、下洞遗址、小梅沙一区遗址、大梅沙遗址和月亮湾遗址等。

五次发掘咸头岭的往事

咸头岭文化是 1981 年深圳博物馆在文物调查时发现的，当时博物馆成立伊始，因此对它的正式发掘是在几年之后。

张一兵在接受记者采访时介绍，深圳博物馆考古队的常规工作就是带上水壶，骑着自行车，在深圳各地奔波。队员们对各种遗址进行了近200次发掘或者试探性发掘，其中包括1985年、1989年、1997年和2004年对咸头岭遗址东南部、中部和北部进行的四次发掘。因为广东地区新石器时代中期早段的遗址寥寥可数，出土遗物不多，咸头岭遗址因此引起考古学界高度重视。张一兵曾参与考古发掘工作，并在此基础上编写了《深圳古代简史》一书。

2004年10月，深圳博物馆考古队和深圳市文管办文物鉴定组合并而成深圳市文物考古鉴定所，曾任山西省博物馆馆长的任志录任所长。任志录在接受记者采访时说，深圳市文物考古鉴定所成立后的第一件事就是决定继续对咸头岭遗址进行发掘。这是对咸头岭遗址的第五次发掘，时间是2006年年初，地点是遗址的西北部。

考古学界习惯把分布于沿海或岛屿的沙滩、沙堤、沙洲上以沙质为主要堆积的遗址称为沙丘遗址。任志录介绍，咸头岭是典型的沙丘遗址，这在珠三角地区是普遍现象，发掘难度高于其他类型遗址，因为沙丘遗址地层含黏土量少，结构比较松散，发掘中露出沙层不稳定，很容易造成探方坍塌，导致不同层位遗存的混乱。但在第五次发掘中，深圳市文物考古鉴定所副所长李海荣采用了“固沙发掘法”，基本解决了探方坍塌问题。

任志录说，此前关于深圳地区古代文明有很多说法，但如果没有考古发现来证实就只能属于猜测。前三次发掘没有木炭出土，因而没有做碳十四测定，最后两次发掘，终于找到了科学测定的标本——碳十四，可以确定咸头岭遗址距今约 7000 年到 6000 年（经树轮校正），为新石器时代中期，是深圳乃至环珠江口地区最重要的新石器遗存，也是深圳地区迄今发现最早有人类活动的遗迹。

面朝大海，背对山谷

咸头岭遗址位于大鹏半岛的叠福村，这里是相对封闭的自然地理单元。北面是海拔约500米的求水岭，东南侧有自东北向西南流向大海的迭福河，西南350米是大鹏湾，隔海与香港新界的东北部相对。

迭福湾为大鹏半岛西岸的小海湾，基岩为晚侏罗纪燕山三期黑云母花岗岩，其中有断裂通过而发育了迭福河河谷。河谷全长约3.2公里，北侧有桔子坑等四条较大的山地河流注入。迭福湾的原始地形有三列与海岸线大致平行的沙堤。第三列沙堤为距今7000多年的海浪潮汐堆积形成，当时全球处于大暖期，海平面比现今高约2米。其后海平面逐渐降低，海岸线西移，所堆积的第二、第一列沙堤高度较第三列沙堤低。

任志录介绍，咸头岭遗址主要位于第三列沙堤和第二列沙堤的部分区域，其第三列沙堤所出土遗物的年代早、晚都有，而第二列沙堤所出土遗物的年代则基本偏晚，这与沙堤的形成年代也相吻合。

面朝大海，背对山谷，这是先民选择咸头岭居住的原因，也是咸头岭文化形成的原因。沙堤可以有效拦阻海水，抵御海浪侵袭，而迭福河及其形成的潟湖的淡水则提供了生活与生产水源；东北部形成的沉积小平原提供了初步的种植条件；西南面的大海可以进行捕捞；周围的丘陵山岗则有丰富的采集和狩猎资源。总之，咸头岭遗址的自然环境非常适宜人类生存。

在咸头岭发现了什么？

据介绍，咸头岭遗址总面积约 1.3 万平方米，其中发掘面积近 2300 平方米，是目前珠江口沿岸同类型遗址中发掘面积最大的一处。

咸头岭出土的新石器时代的重要遗迹主要有灶、立石、建筑基址，以及大面积的红烧土面等。出土陶器以夹砂陶为主，主要器类包括釜、碗、支脚和器座；泥质陶多为白陶和彩陶，还有少量的磨光黑陶，器类有罐、杯、盘、豆、钵等。石器包括天然石料（没有制作痕迹，但有使用痕迹）和磨制石器，器类有斧、锛、拍、凿、刀、砧、石饼、砺石、敲砸器、杵等。遗址没有发现华南地区常见的典型双肩石器和有段石锛，也不见珠江流域和沿海地区常见的贝壳堆积。

咸头岭出土石器188件，其中磨制石器74件，占39.36%，打制石器16件，占8.51%，天然石料工具98件，占52.13%。大黄沙遗址出土石器93件，其中磨制石器48件，占51.61%，打制石器13件，占13.98%，天然石料工具32件，占34.41%。陈海滨分析，这说明新石器时代中期，深圳地区先民大量使用磨制石器，但部分还保留着早期的特征。

咸头岭出土的陶片中，夹砂粗陶占96.25%，泥质红陶占1.33%，白陶占2.42%。陈海滨认为，白陶数量不多，器型小，纹饰、制作皆精致，可能用于祭祀等宗教场合。他还说，深圳地区的先民和大海的关系密切，海洋既是他们主要的食物来源处，又是他们难以驾驭的圣地，故而对其产生敬畏之心。由此，大海或成为本地区先民所崇拜的图腾，并被以水波纹的形式在器物上体现出来。

陈海滨说，咸头岭出土的陶器和石器的工艺制作水平和审美水平已经相当高了。大量陶器的出土说明当时已经人口众多，众多人口聚居又表明当时人们已经具备较强的生产能力，能够获取足以让他们生存的食物。同时有迹象表明，咸头岭一带捕捞业占有重要的经济地位，而且开始出现原始农业。

重新认识深圳古代史

任志录、陈海滨等人告诉记者，到目前为止，在环珠江口地区发现的20多处新石器时代中期文化遗存中，咸头岭遗址年代较早、最具典型性和代表性，是对周围文化遗存有较强辐射力的一个高规格、中心性聚落遗址，是珠三角地区目前唯一一处可以比较全面反映新石器时代中期考古学文化面貌的遗址，为本地区距今7000年至6000年前后考古学文化的分期和断年树立了标尺，为探索本地区古文化的起源提供了重要线索。早在20世纪90年代初，北京大学古代文明研究中心的李伯谦教授将其命名为“咸头岭文化”，这一称谓随后逐渐被学术界所认同。

咸头岭遗址于2006年被国家文物局评选为“全国十大考古新发现”，又于2007年被中国社会科学院考古学论坛评为2006年度“中国六大考古新发现”。

《深圳博物馆基本陈列·古代深圳》在介绍新石器时代中期文化遗存时称：“位于大鹏湾畔的咸头岭遗址，距今已有7000年，是深圳地区迄今发现的年代最早的文化遗址，也是环珠江口地区最典型的新石器时代中期沙丘遗址。”考古学者们这样评价：可以说咸头岭遗址是一把钥匙，它是深入认识珠三角地区新石器时代中期考古学文化的关键，通过对该遗址的深入研究，有望为解决一些久而未决的岭南史前考古的问题提供重要的线索。

陈海滨认为，咸头岭遗址充分表明，早在约7000年前，深圳地区已经有较大规模、较强生产能力和较高审美水平的人类生存，是广东一带的文化中心。他说，咸头岭遗址是深圳这座年轻城市的骄傲，时至今日，关于深圳古代史，如果我们还纠结于有没有历史、是不是文化荒漠、是不是小渔村等话题，显然会贻笑方家。

（2017年10月31日）

陈海滨和他的《深圳古代史》

夏和顺

相信很多读者看见《深圳古代史》这本书都会大吃一惊：深圳还有古代史吗？在许多人的眼里，深圳历史文化底子薄，改革开放以前只是个小渔村；近些年来，文化界开始正视历史，有人宣扬深圳不是小渔村，有人举证深圳不是文化沙漠。但谈到深圳古代史，不少人还是一头雾水。

那么，我们究竟应该如何认识深圳古代文化？《深圳古代史》究竟是一本什么样的书？作者是如何产生写作动机并最终完成此书的？近日，该书作者陈海滨接受记者专访，回顾了撰写该书时的心路历程。

中学教师撰写《深圳古代史》

陈海滨是湖南平江人，2005年毕业于湖南科技大学历史系。在学校时，他曾跟老师一起从事湖南灾荒史研究工作，其间查阅了大量县志文献，一方面得到了系统的专业训练，另一方面也培养了研究地方史的兴趣。大学毕业后他来到深圳，辗转在数所中学任教。2008年，陈海滨应聘到龙岗区平湖中学担任历史教师，就像深圳千千万万个临聘教师一样，并于2009年通过转正考试成为正式教师。他的博学和勤奋很快赢得同学们的爱戴和老师们的尊敬。2010年3月，陈海滨抱着开发乡土历史教材的目的开始撰写《深圳古代史》。他的这一想法得到平湖中学校长张伟、副校长吴伟忠的大力支持。

谈起当时的想法，陈海滨告诉记者，历史课堂向来少不了身边的历史素材，乡土历史资源既是教学的内容素材，又是方法策略，在教学中具有举足轻重的地位。陈海滨发现，深圳乡土历史资源的开发十分薄弱，便觉得这其中大有文章可做。

陈海滨说，学术界向来“厚今薄古”，偏好近现代史，古代史成了“冷门”。其实即便是深圳近现代史也乏人问津，众多研究者都将目光聚焦在改革开放以来的30多年时间内。从现有的成果来看，深圳古代历史方面的著作多是有关文化遗存的图册，以及少数专题性研究。由于年代久远，资料残缺，这个领域缺乏综合性、系统化论著。人们所了解的深圳古代史多为掌故和传说，而且不少为讹传。这一现状使陈海滨改变了撰写《深圳古代史》的方向，即由乡土教材向学术著作转变。

站在前人的肩膀上

撰写《深圳古代史》，首先要深入了解有关新安（宝安）、东莞和香港的历史文献，特别是方志，如明代天顺《东莞旧志》、崇祯《东莞县志》，清代康熙《新安县志》、嘉庆《新安县志》，当然还有《广东通志》等。

在阅读文献资料时，陈海滨发现，香港学人对古代文献的研究和发掘要深入得多，值得学习和借鉴，比如萧国建先生在这方面有着丰硕的研究成果。

为了做到科学严谨，陈海滨在撰写过程中力争言必有据。他参阅典籍、论著200余部，在书中做了1486条注释。他还注重对已有研究成果的甄别与梳理，参考现代著作和论文190余部（篇）。他将有争议的多数问题列举出来，并对其中部分问题给出自己的答案。

在撰写方法上，他将深圳地方史这个“点”放到区域史、中国史和世界史的“面”中来分析。这样，深圳地区在历史发展潮流中的地位和角色就相当清晰了，深圳古代史的特点和发展脉络也就一览无余。

在撰写过程中，陈海滨实地考察了深圳及其周边地区350多处古迹。他在书中采用的可移动文物照片主要拍摄于深圳博物馆、南头古城博物馆和中英街历史博物馆，而不可移动文物照片均为实地考察时拍摄，书中所配地图也均为原创。陈海滨说，在这个过程中他并不感到寂寞，因为常有同窗好友苏轩绵和方正国陪伴。

通过实地考察，陈海滨与深圳历史有了真正的亲密接触，也看到了现代化建设对文物古迹的吞噬。为此，他曾借助媒体呼吁保护深圳明清建筑及相关文物，而通过出版这部《深圳古代史》，他希望能唤起更多有识之士来关注这些“活历史”的命运。

陈海滨说，张一兵的《深圳古代简史》是第一部系统介绍深圳古代历史的专著，是他撰写《深圳古代史》时必备的参考书，他本人在写作过程中也得到过张一兵老师的指导。在谈到这两部书的不同之处时，陈海滨说，《深圳古代简史》毕竟是十几年前的著作，此后深圳地区又有大量的考古发掘和文物普查成果，书中不可能收入。也是由于史料不足等原因，《深圳古代简史》存在缺环断节现象，陈海滨说，因为他是站在前人的肩膀上，具有后发优势，他的《深圳古代史》更为全面系统和科学严谨，而全面性和严谨性也是他研究过程中努力的方向。此书有上、下两册共58万字，图片129幅，表格45个，附录3个。按照先秦、秦汉至南朝、隋唐与南汉、宋元、明代、清代的时间顺序分为六章，分别揭示了古代深圳发展的六大阶段，大体上从政治、经济、军事、外交、文化、教育、宗教、民俗等方面分节分目，全方位剖析深圳古代历史。

提出“深圳中心论”

陈海滨在《深圳古代史》的序言中提出了“深圳中心论”，并自认此论颇为“高大上”，足以颠覆时人甚至当下学术界对深圳传统文化的认知。

陈海滨解释，所谓“深圳中心论”是指深圳地区在古代广东地域史上扮演了不同的中心角色：先秦时期，它是珠三角的文化中心；东晋时期，它是粤东的政治中心；唐朝时，它是广东滨海的军事中心；宋元时期，它是广东地区的经济中心之一；在明代，它是广东一带的海防中心；在清代，它是中华民族最早的抗英中心。

陈海滨以咸头岭遗址来说明深圳地区是先秦时期珠三角地区的文化中心。咸头岭位于大鹏半岛西岸，此地发掘出距今六七千年的文化遗存。珠三角地区新石器时代中期与之同类型的文化都被称为咸头岭文化，可见其典型性和代表性。广东共有四处先秦时期遗址获评"全国十大考古新发现"，其中有两处在深圳——咸头岭遗址和屋背岭遗址。

东晋时期，深圳为粤东政治中心，因东官郡郡治位于南头。唐代所设屯门镇是全国知名的军镇，韩愈、刘禹锡、罗隐等都留下过与之相关的诗歌。深圳地区在宋元时期是广东经济中心之一，其中最突出的是制盐业。据史书记载，广东不食莞盐者仅高州、雷州、廉州和琼州四府而已，莞盐还远销广西北部和江西南部地区。"莞盐"即东莞县所产食盐，那时东莞县大体上包括今东莞、深圳和香港，共有盐场 7 个，其中位于今香港的 1 个、今东莞的 2 个，今深圳的 4 个。深圳地区还发掘了数量惊人的货币窖藏，其中沙围蒲村窖藏收回铜钱 2000 多公斤。货币是商品流通的媒介，巨额货币是商品经济繁荣的直接体现。深圳地区还出土了外销瓷，归靖蚝也是那时兴起的。深圳地区还是全国为数不多的几个产珠区之一。

至于深圳地区是明代的海防中心和清代的抗英中心，可能不需要太多解释，明代此地设有大鹏千户所、备倭总兵署等。清代鸦片战争则是从此地拉开序幕的，发生过九龙海战、第一次穿鼻之战和六次官涌山之战。

漠视历史根脉不值得骄傲

陈海滨说，“深圳中心论”是他用5年时间、参考数百部史籍、用上千条史料、花58万字论证的答案，是这部《深圳古代史》的精髓所在。陈海滨认为，他提出“深圳中心论”不是要“语不惊人死不休”，而是因为当下人们对深圳古代史的误解太深。

陈海滨认为，古代深圳地区不仅是“中心”，而且是岭南发展的“旗手”，在不同的历史时段扮演了不同的角色——文化、政治、军事、经济、海防、外交（抗英），担当起了不同的使命。

改革开放及深圳经济特区设立后，国内，尤其广东甚至深圳本地对其历史的认识流行“小渔村”和“文化沙漠”之说。近些年，文化界的努力也仅仅停留在否定“小渔村”和“文化沙漠”这一层面上。

陈海滨分析，深圳被贴上如此标签的原因有很多，最主要的是改革开放前，深圳古代史领域的研究成果不多，人们对它的了解不足，它就像一块没有经过雕琢的玉——外表和普通石头无异，所以大家就把它当作石头了。此外，贬低深圳的过往，也是为了烘托改革开放的成就。以古鉴今、引古论今、借古讽今是我们常用的论述方法，古人云：“引古喻今，言微理举。”成为经济特区后，深圳经济快速发展，在物质文明建设上取得了辉煌成就。“小渔村”和“文化沙漠”的历史更能将经济特区的现实衬托得鲜明亮丽。而“小渔村”和“文化沙漠”讲多了，也逐渐被市民百姓所接受，甚至被看作一种荣耀和骄傲。

陈海滨认为，漠视历史根脉、抛弃传统文化无论如何也算不上“骄傲”的事，他希望借这部《深圳古代史》抛砖引玉，引起更多人重视和研究深圳传统文化。陈海滨说，深圳的现代化建设绝对不能没有文化建设，否则就是无源之水；深圳的文化建设又绝对不能与传统历史文化割裂开来，否则就是舍本求末。谈及深圳历史，人们会很自然地为改革开放史着迷，其实，那岁月深处的历史同样毫不逊色。我们不要任凭今天的辉煌遮掩了过去的光泽，而是要努力让过去的光辉来装饰今天的成就。

（2017 年 8 月 15 日）

深圳“客”从何来

杨宏海

深圳最早的客家人始于何时？目前尚无翔实可证的资料，但大批客家人进入深圳，则有证明是在清朝康熙年间。清朝初年政府曾实行“禁海迁界”，强令东南沿海居民内迁。这一迁徙带来巨大灾难，使大片良田荒芜，人民流离失所。直至清康熙三十年（1691）前后，朝廷才下令“复界”并颁布“招垦”政策，实行种种优惠措施，吸引各地农民，尤其是梅州、潮州、惠州的客家人纷纷进入深圳地区。当时为客家籍移民设置的村庄就有345个，客家人成为当地为数众多的居民。这种以客家人为主的人口分布格局一直保留到深圳特区成立前，据《宝安县志》记载：1979年前，客家人占56%，广府人占42%，潮汕人占2%。

当年来到深圳的客家人，从“抬头见山、出门爬山”的山地环境，进入到“开门见海、涉水驾舟”的南海之滨，生存条件有了根本的变化。但是，具有顽强生命力的客家移民继承先辈“心怀四方之志”的精神，摈弃重文轻商的旧观念，靠山面海，因地制宜，积极从事开垦山地、捕鱼种养、采石、商贸等行业，艰苦奋斗、锲而不舍，创造了一个“经济繁荣、文化发达”的百年辉煌时期，形成了具有“滨海”特色的深圳客家文化。

新安县李朗村：
中国最早对外开放的客家村庄

由于受海洋文化影响，深圳客家人很早就具有开放意识，乐于接受新生事物。

深圳毗邻香港（历史上同属新安县），是近代以来西方文化进入中国最早的地区，也是来自瑞士基督教巴色差会传教士进入内陆省份的第一站。当年的巴色差会派员来到内陆省份传教办学时，受到当地民众的抵制和当地政府的驱逐，唯有客家地区有所例外。1855 年，在深圳客家人的协助下，巴色差会派遣牧师顺利进入新安县布吉圩李朗村，揭开了在此传教办学的序幕。在此之前的 1848 年，巴色差会在深圳沙头角办起第一间客语小学，率先向客家人输入西方教育模式，比 1905 年清朝宣布取消科举改办西式教育提早了半个世纪。1864 年，李朗村建立起存真学院，这是深圳历史上第一所大学。可以说，新安县李朗村（今深圳李朗）是中国最早对外开放的客家村庄。

深圳客家人以宽广的胸怀容纳西方文化，使深圳现代学校如雨后春笋。1906 年，坪山客家人办起以“家国之光”为宗旨的光祖学堂。此前的 1891 年，巴色差会在龙华浪口开办的“虔贞女校”成为远近闻名的学校。日前在深圳举行的“第七届客家文化高级论坛”上，一篇评价《虔贞女校》的论文引起关注，《虔贞女校》的作者从瑞士巴色差会档案馆查阅到上千张当年传教士留下的照片，形象地展示了客家人百年来接纳西方文明并与之交流融合的历程，被誉为对客家文化研究“新的学术增长点”。

时时为客、处处为客：他们格外珍惜故土的可贵

客家人因自身的颠沛流离，切身体验到战争离乱、民族灾难、国家贫弱给他们带来的痛苦，在“时时为客、处处为客”的窘境中痛切地认识到故土的可贵，而将家国情怀交织在一起，形成高昂的民族精神和爱国爱乡的优秀品德。

近代以来，每当民族危难之际或历史转折关口，深圳客家人都能挺身而出，敢为人先。如赖思爵面对英国侵略者奋起出击，在九龙海战中打赢鸦片战争的前哨战；郑士良在孙中山领导下打响辛亥革命前推翻清

朝封建帝制的第一枪；曾生领导以客家人为主体的东江纵队在东南沿海点燃了抗日救国的烽火；袁庚提出“时间就是金钱，效率就是生命”的口号，在蛇口首先扛起当代中国改革开放的大旗；南岭村村干部及其家属带头劳动致富，鼓励村民积极向上，弘扬客家人勤劳刻苦、崇宗报本的精神，不忘传统，艰苦创业，将南岭村建设成为勇立改革潮头的“深圳客家第一村”，并且提出“致富思源、富而思进”的口号。在他们身上，始终体现了爱国爱乡的家国情怀和勤劳刻苦的优良传统。

成为标本的民居：深圳现存客家围堡100多座

伴随客家先民艰苦垦拓、开基立业建起的一座座客家围堡，成为深圳客家文化的生动缩影。据统计，深圳的龙岗、坪山、坪地、坑梓等地现存客家围堡100多座，以罗氏鹤湖新居、曾氏大万世居、黄氏新乔世居为代表。

其中位于龙岗的鹤湖新居，由罗氏开基祖罗瑞凤始建于清乾隆中期，占地近2.5公顷，有房屋数百间。其屋宇、厅、堂、房、井、廊院的布局错落有致，有“九天十八井，十阁走马廊”之称，是我国目前所见为数不多的大型客家民居建筑。鹤湖新居祠堂里有一副堂联，其下联曰“凤止龙岗谋成东莞鹤湖兴厦宇千秋勋业冠人寰”，披露了来自梅州兴宁的罗氏开基祖辗转迁徙，落户龙岗、经商东莞、回乡兴建大厦的过程。2016年3月，由美国某电视台摄制的纪录片《寻找外祖父》，记录一位有四分之一客家血统的非裔女子罗笑娜历经波折探访，最终回到外祖父的根脉所在——深圳龙岗罗氏祖屋鹤湖新居，并与宗族血亲重逢相认的故事。此片在美国、加拿大、牙买加及中国深圳播放后引起轰动，引发了更多从广东远渡外洋的客家后裔寻根认祖的热情。

鹤湖新居建筑设计由内、外两围环套而成。总体上是客家围屋布局，但其内部参照了广府民居的式样，独立成套，私密性较强。传统客家民居的方位坐向是大致相同的，都为南北朝向，而坪山新区的大万世居整个建筑群却大相径庭，是坐东面西。此外，位于坪山坑梓的龙田世居也将传统的月池改建成护城河。这些极具移民文化特色的客家围堡，建筑随形就势，设计兼收并蓄，是敢于开拓创新的深圳客家先民的大胆创造。

独特民俗文化：客家大本营唯一“入海口”

深圳客家人靠山面海，在垦殖创业过程中，与本地广府人和疍家人交融相处，吸收不同族群的文化。如来自梅州大埔的沙头角吴氏客家人在下海划船打渔过程中，将原乡的“鲤鱼灯舞”进行加工，创造出鱼灯舞这一滨海游艺民俗，成为国家级非物质文化遗产。大鹏镇赖氏客家人与南迁大鹏所城的“北方军人”混杂相处，形成了独特的“大鹏话”，创造出追念英烈的“大鹏清醮”习俗。

客家人喜唱山歌，而深圳的客家山歌更加丰富多彩。笔者于1991年编印出版《深圳民间歌谣》，其中客家山歌就占了百分之九十的篇幅。深圳山歌大多与梅州山歌相似，但也有本地特色。如地处山区的梅州山歌比较高昂激越，而地处滨海的深圳山歌则比较舒缓平和，唱腔起伏流淌。深圳客家山歌有情歌、仪式歌、生活歌、劳动歌等，还有东江纵队革命歌谣。东江纵队的成员大多数是客家人，当年他们在成立大会上就用了客家“五句板”来庆祝。此外，因深圳是著名的侨乡，许多海外侨胞和港澳同胞往往以吟唱家乡歌谣来表达爱国思乡之情，有些还以外国词语入歌。如反映华侨回乡娶亲的《带新郎新娘入洞房》唱道：“今晚脚踏新娘间，一句唐来一句番。今晚新郎新娘 very good（很好），明日转过艾斯湾。”

此外，客家人喜欢象征着祥瑞太平的麒麟。麒麟舞也是深圳客家游艺民俗，现有大船坑、坂田永胜堂、观澜、黎围、大浪等舞麒麟被列入国家和省级非物质文化遗产名录，为了保护和传承麒麟舞，深圳龙华建成了麒麟文化博物馆。

沙头角中英街每年都有祭祀天后娘娘的活动，客家的麒麟舞和南澳渔民的水上迎亲舞一同表演，吸引深圳与香港两地居民参加；而盐田渔民举行婚礼，既表演水上迎亲舞，又融入客家山歌演唱。龙岗客家人则从民间“八音”唱班里吸收音乐元素，创造出独具特色的“龙岗皆歌”。

深圳客家传统美食有客家茶果、观澜狗肉、“八刀汤”等。被称为“新安盆菜”的大盆菜，原本是明清时期沿海广府人的节日菜式，深圳客家人也接受了这一菜肴，每逢大型庆典活动往往推出“客家盆菜宴”，几千客家乡亲同坐一张桌、同吃一盆菜，增强了族群的凝聚与团结。作为客家民系大本营唯一的“入海口”，深圳客家既保留山地客家的特色，又吸纳海洋文化、本地文化精华，从而形成具有“山风海韵”的深圳客家文化。

建立经济特区30多年，深圳迎来来自四面八方的新移民，新老客家人开拓创新、团结奋斗，为深圳改革开放做出了巨大贡献。近年来，为弘扬优秀的客家文化，深圳市建立了龙岗客家民俗博物馆、客家文化交流协会，并与海内外开展了客家文化交流活动，自2006年以来，连续举办了九届“深圳客家文化节”，还与企业合作打造“甘坑客家小镇”等旅游文化产业。可以想见，滨海客家的明天会更好。

（2016年12月6日）

岗厦文氏：文天祥后裔？

夏和顺

从岗厦大队到岗厦居委会、岗厦社区，35年来，这里是中国改革开放和农村城市化的缩影，世代居住于此的文氏家族的命运也随之发生重大转折。岗厦大队原属福田公社，有三个生产队（自然村），一队和三队的村民几乎都姓文，二队则基本是外姓人，后来分离出去成了田面村。如今，深圳滨河路以北，梅林二线以南，皇岗路以西，益田路以东，包括莲花山、冬瓜岭在内都曾是岗厦村的祖地。这块约5500亩的土地是深圳的中心区，占据着中轴线。

据传说，深圳岗厦文氏是南宋抗元英雄文天祥的后裔。事实是否如此呢？岗厦文氏是何时又是如何生存在这片土地上的呢？这里的百姓在最近半个多世纪中经历了怎样的生活？深圳作者王一宪的新书《岗厦村文氏的前朝后代》揭开了这些疑问。

王一宪的岗厦情缘

王一宪于1992年只身闯荡深圳，当时岗厦股份公司刚刚成立，既是村书记又是总经理的文伟来需要一位办公室主任，王一宪幸运地获得了这个职位，从此与岗厦村及文氏族人结缘，见证了岗厦从农村走向城市，见证了集体股份公司成为福田区经济的“半壁江山”，见证了岗厦河园片区轰轰烈烈的旧村改造。

2002年，文天祥就义719周年，世界文氏宗亲齐聚江西吉安纪念，王一宪也随岗厦文氏族人出席。她说，当时听到新加坡著名学者郝知本深情朗诵《正气歌》，眼眶都湿润了。从那时起，她萌生了一个想法，要撰写一篇纪实作品，记录岗厦村文氏起源、迁徙、农耕、战乱、苦难的经历及现今的巨变。此后，她又两赴吉安，参观了文天祥故里青原区富田村、文天祥陵墓、纪念馆、乡学堂、文氏祠堂及文天祥就读的白鹭洲书院，目睹了村民收藏的明代文天祥画像。

几年前，深圳社区文学大赛拉开序幕，王一先终于下定决心提笔创作。但她发现，记载有关文氏家族的资料非常稀少。恰在此时，她从网上查到了一篇关于《文氏通谱》的文章，经粤港文氏宗亲会秘书长匡振华（江西吉安文天祥纪念馆原馆长）与深圳市文物考古鉴定所张一兵博士共同鉴定，这是迄今发现的江右文氏族谱的唯一存本，此谱为清乾隆年间纂修，已有200多年历史。更幸运的是，这套《文氏通谱》被文伟来个人出资购得，获悉王一宪的创作计划后，文伟来爽快地将这套珍贵文物交给她，并希望她将其整理后交给文氏宗亲会，作为续修文氏族谱的资料。

《文氏通谱》重见天日

江西泰和县某村只有几户人家姓文，2008年，当地村民在翻修宗祠时，发现房梁上有一个破烂不堪的油纸包裹，打开来一看，是部《文氏通谱》。村民们猜测，这是“文革”期间，负责保管族谱的老人舍不得毁弃，便把它包裹好藏在宗祠房梁上。若干年后，这部“宝物”终于重见天日。

泰和文氏村民携此部《文氏通谱》来到深圳，希望卖给文氏族人，筹钱回家乡修缮文氏宗祠。此谱被文伟来购得。

相传文氏为周文王后裔，以谥为姓，十八代后出现越国著名大夫文种。文种十六代孙文翁，居庐江舒邑（今安徽舒城），汉景帝时入蜀任太守，携家迁至成都一带。文翁后裔文球，南朝陈武帝时出任吉州教谕，在今江西吉安安家立业，结婚生子，开江右文氏一脉。这一脉到南宋时出了著名的抗元英雄文天祥。

文氏族谱初修于元初，明成化、万历及清雍正年间续修，而清乾隆三十二年（1767）撰成的这部《文氏通谱》，迄今已近250年，完整再现了文氏家族的渊源及变迁。《文氏通谱》按“天”、“地”、“正”、“气”四字印刷，每字下各印20套，共80套，文氏各宗祠按序号领谱。其首事名目二页印有“气字八号——宝安岗下房领”字样，“岗下”即今岗厦，可见其当年已为一大支系，并与文天祥同宗同族。

据王一宪介绍，岗厦文氏当年所领的一套《文氏通谱》毁于20世纪50年代初。岗厦及深圳其他村镇的文氏宗族，在此后的半个多世纪间，要追述自己的历史，只是靠老人口口相传，直到这部珍贵的《文氏通谱》现身。

文天祥族弟开岭南一脉

江右文氏是怎么传到岭南，又传到宝安的呢？

据《文氏通谱》记载，南宋时，文天祥胞弟文璧任惠州太守，其堂弟文天瑞随同前往，娶妻冼氏。为避元初战乱，文天瑞渡海迁往海南万州，终老于此；而其子文远则仍留居惠州，后来迁至宝安，在岭下村（今松岗镇凤凰村）安居乐业，繁衍后代。因此文天瑞为岭南文氏始祖，而文远是宝安文氏始祖。

文远，字应麟，岭下村在大茅山之麓，山上建有望烟台。清康熙年间《新安县志·地理志》载："望烟台，在凤凰岩下，传文丞相侄文应麟子孙家于岭下，为何右丞相部将。值岁荒，建此楼登眺，凡家无餮烟，赈之，至今犹称'烟楼下'云。"这一记载正好与《文氏通谱》吻合。

文远育有二子——文起东与文起南，他们的子孙后裔被称为"宝安文氏七大房"，其中第五房为文起南长子文垂统所传。文垂统育有二子——文荫与文萃，分别徙居今香港泰亨乡与福田岗厦村。他们分别是泰亨文氏与岗厦文氏始祖。其时当在明朝初年，文垂统葬于落马洲。如今，每年重阳节，岗厦村与泰亨乡文氏族人都要共同前往祭拜。根据文氏宗亲会统计，岗厦文氏后裔至今约有3000人。

元朝时期，元兵四处搜捕文氏后人，文氏多半隐姓埋名，很少有人知道他们是文天祥同宗后裔。直到明朝，宝安文氏才公开身份，族人参加科举，兴建文氏宗祠，祭拜祖先，成为岭南显赫族群。

五房祠见证岗厦历史

原岗下村建围后，历来有东、西之分。古时，分东头庙（今彩田路东大中华广场一带）、西头庙（今深南大道嘉麟豪庭以南），俗称“东头”“西头”。岗下村旧宗祠五房祠由全村男丁捐款建于清代。五房祠面积约350平方米，砖木结构，大门左右有两根红色旗杆，门顶镌有“淑气公祠”。左右有两间大厢房，各接两间小厢房，中间有一口方形天井和一方舞台，里面有两根花岗岩石柱，客厅中央为神台，摆放着列祖列宗牌位，神台上方两边都有阁楼，屋内每道房梁上都雕龙画凤，精美异常。

200多年来，岗厦村文氏后裔供奉菩萨、祖先牌位在此，婚嫁庆典、男丁登记、岁时节庆在此，到后来，文艺演出、政治活动的会场也在此。1991年，深圳修建彩田路时，五房祠被拆除。王一宪感叹：如今的年轻人根本不知道五房祠内外曾经发生过的那些故事，它热闹过，温暖过，残酷过，也轰动过。如今，文蔚阁祠堂神台下，还留有一块清朝年间五房祠大门上的“淑气公祠”旧石匾，只有它可以见证历史的沧桑岁月。

岗厦人抱上“金娃娃”，没忘记老祖宗，在旧村改造中，投资近3000万元，在寸土寸金的中心区，兴建了面积2500多平方米的文天祥纪念馆。纪念馆主体建筑正气堂是一座中轴对称的仿古建筑，红墙碧瓦。《正气歌》诗碑以雕刻精美的汉白玉石栏相连，形成一道围绕正气堂的长廊，文天祥塑像坐落院中。纪念馆分六个展厅，通过文物、族谱、文献、图片、雕塑等展示文天祥生平，吸引更多的文氏宗亲和海内外人士前来参观，在现代都市核心为岗厦保留了一片古老姓氏文化领地。

巨变之后的岗厦文氏

1980年，深圳经济特区成立，岗厦文氏家族的命运发生重大转折。1983年，岗厦企业公司成立，村民们从此不再种田，用他们简朴的话语表述就是："上田了，吃饱了，穿鞋了，有钱了。"

提起村里变化，一位村民开心地说："现在我家有楼收租，公司每年分红，全家可以分到10多万元。从1989年开始，政府给我们村民补办了社会保险，没想到当了大半辈子农民还领到了退休工资。"他的孩子买了汽车，还在高档小区里买了200多平方米的大屋，而他当年去香港的亲戚还在替人打工，挤在40平方米的老屋里。

在详细描述了岗厦村的历史变迁后，王一宪认为，经济特区改革开放，最大受益者非原住居民莫属。河园旧村拆迁改造，岗厦村发生了巨变，从"番薯乡"变成了福田区经济的"半壁江山"，从"脏乱差"城中村变成集高档酒店、商场、金融、文化娱乐、休闲于一体的中央商务区，文氏后裔也从“种田”变“种房”，这一切都不是神话。

（2016年11月29日）

汤显祖来过深圳南头

魏沛娜

谈起明代戏剧家汤显祖，很多人都记得他的“临川四梦”，记得他笔下的名句“情不知所起，一往而深”“原来姹紫嫣红开遍，似这般都付与断井颓垣”……然而，也许有些人不知，在明朝万历十九年（1591），汤显祖上奏《论辅臣科臣疏》，激烈抨击朝政，触怒当道甚至皇帝，被贬广东徐闻添注典史，这是汤显祖最为“狂悖”之举，却也成就了汤显祖与岭南的一段良缘。

更鲜为人知的是，其实汤显祖与深圳也有着一段珍贵的渊源，值得研究。

最近，文史学者、中山大学中国古文献研究所兼职研究员周松芳在其新著《汤显祖的岭南行——及其如何影响了〈牡丹亭〉》中深刻挖掘了汤显祖人生之初与岭南的夙缘，还讲述了汤显祖与深圳相关的故事。中国古代戏曲学会会长、中山大学中文系教授黄天骥对此评价道："从来没有人专门全面探讨过汤显祖《牡丹亭》的创作与他在岭南一段经历的密切关系。就这一点而言，松芳的论著，实有首创的意义。"那么，汤显祖与深圳究竟发生了怎样的联系？记者专访了周松芳。

岭南之行，诗兴大发

据史料记载，明万历十九年辛卯闰三月廿五日，汤显祖向朝廷上奏《论辅臣科臣疏》，不但抨击了给灾区带来灾难之后居然受到特别提升的使臣杨文举，也攻击了前首辅张居正、执政申时行，还对万历朝的统治作了总清算。明神宗朱翊钧大怒，四月廿五日，汤显祖“被诏切责”；五月十六日，“降徐闻县典史，添注”。从此，岭南便成为汤显祖人生的重要一部分。

事实上，据古代文学研究专家徐朔方笺疏，汤显祖在25岁前，即与岭南仕宦多有来往，作《送人使南海进香》。而此番被贬岭南，按周松芳的理解，对汤显祖来说即便不致悲凄介怀，毕竟也还是沉重的打击和挫折。但这不幸之中，犹有可聊以安慰之处，那就是他与岭南颇有夙缘，更有情缘。他与好友帅机说：“弟去岭海，如在金陵。清虚可以杀人，瘴疠可以活人，此中杀活之机，于界局何与邪！”意思是岭南的瘴疠之气可以杀人，南京的空虚无聊也是变相的自杀啊，或许经历贬谪的磨难，还可以有更大的成就呢。所以，当别人说“徐闻吞吐大海，白日不朗，红雾四障。猩猩狒狒，短狐暴鳄，啼烟啸雨，跳波弄涨，人尽危公”，都在为汤显祖在那种蛮荒瘴疠之地如何待下去而担忧时，他却夷然不屑地说：“吾平生梦浮丘、罗浮、擎雷、大蓬、葛洪丹井、马伏波铜柱而不可得，得假一尉，了此夙愿，何必减陆贾使南粤哉！”正是抱着这种心态，汤显祖开始了他既凄然又壮丽的岭南之行。

周松芳介绍，汤显祖一踏足岭南，得江山形胜和风俗人情之助，便诗兴大发。九月初从家乡江西临川出发，至月底翻越梅岭进入广东，再从保昌（今南雄）下水之后，途经曲江（其间登岸往游南华寺）、乳源、英德、翁源、清远、三水、佛山，十月初七小雪前后到达广州城，其间作诗近四十首。在广州，除开十一月初七从罗浮山下来乘船赴澳门，在广州停留刚好一个月，除去东莞之行，也有二十余日，停留时间之长，除了生长求学和仕宦之地，无逾于此；遍游广州东西南北，作诗二十余首，也不可谓不多。时值当时的“秋交会”，洋商夷舶及各省商人客船云集，繁华盛景令其极为震撼，写下了堪称表现广州的最佳诗篇：“临江喧万井，立地涌千艘。气脉雄如此，由来是广州。”

写碑记表彰孝子黄舒

值得注意的是，汤显祖离开广州后仕游罗浮时，曾经南海神庙，取道东莞，拜祭堂叔（伯），探抚挚友祁衍曾遗孤，又从东莞到深圳南头，并因请写了一篇《东莞县晋黄孝子特祠碑》。广东省文艺批评家协会名誉主席、文艺理论家黄树森曾说，汤显祖岭南之行留下两处印迹：一处是徐闻贵生书院，一处是今天深圳的南头。汤显祖去东莞探望友人遗孤后，顺带去了深圳表彰晋代孝子黄舒。黄舒行孝成为深圳地区南北文化大融合的一个重要标志，“参山乔木”成为“新安八景”之一。

这篇《东莞县晋黄孝子特祠碑》所大力表彰的黄舒，正是深圳宝安人。据了解，黄舒是宝安有史记载的第一位名人。深圳文史学者彭全民说：“黄姓是有据可考的最早迁入深圳的姓氏。黄舒的孝道影响了深圳一千多年的历史。”换言之，黄舒之墓已是深圳绕不开的历史坐标。

黄舒是一位怎样的孝子？碑记载道："孝子晋人也，家贫，自力养侍。虽盛暑未尝不冠带。亲意所在，千里之外不以为难。亲死，皆身为坟而庐。深野中无人，猛兽左右嗥，安之也。每夜定，或寒月，号声常飘萧出林薄，随悲风远闻，人为泣下。独日饮一杯糜，形色枯槁。人劝其还，哭而不答。行路之人皆曰：'黄舒，今之曾参也。'有司表旌其居曰参里。里有山，岑蔚可爱，为参山。有孝著闻如此。至于今，且千年矣。"也就是将黄舒比为孔子学生中同样以孝行留芳青史的曾参。黄舒受到朝廷表彰，晋帝钦旌他为孝子，死后祀为乡贤。其居住的地方被命名为"参里"，附近的山则改名为"参山"。

东莞、深圳争建祠堂

孝道如此彰扬，又为什么会发生"学宫阙焉不祀"的事件呢？原来，明代万历元年（1573）新安县刚成立，万家萌（今沙井镇万丰村）潘甲第和汪桂等人便出资在大钟山（今万丰村大边山）下建立一座黄孝子祠。深圳文史学者程建介绍，这座祠堂在清代康熙年间（1662—1722）的迁海事件中被荒弃了。而在潘甲第和汪桂等人建祠的同时，东莞县也在筹划修建黄孝子祠。有人认为黄舒生地、墓葬均在新安，不属东莞县界，不应继续奉祀。经过十几年的争议，最终设“特祠”了事，并邀请汤显祖作碑记。此亦是“仁人孝子，天下一家。东莞新安，故非两邑也”。

黄舒的孝行在《东莞县晋黄孝子特祠碑》中得到汤显祖的肯定。汤显祖还将他的地位和影响置于东莞伯何真之上。周松芳告诉记者，何真是元末割据岭南的地方诸侯，因为归附朱元璋受封东莞伯，后来黄佐、屈大均都认为，其对于岭南的贡献远在汉初南越王赵佗之上。但是，人们读到何真的故事，不会“感悯而嗟咨”，因为“孝子无尺土之柄，独身事一父母，又非有奇孝。其孝，闾野人所得为也”；而读到黄舒的故事，却是“不能半其传，即涕叹结塞”，并且“皆愿如黄孝子事其亲，愿有子皆如黄孝子，固未有愿如东莞伯者也”。此外，汤显祖还借其同门好友、东莞前县令董裕之言，表彰黄舒为岭南人文之祖：“此岭表人士之初也。曲江诸贤，犹在其后。”

在周松芳看来，黄舒是以乡野之民，得以建祠祭祀，配享学宫，甚至山川为之改名——居曰参里，山曰参山。所以，汤显祖这篇《东莞县晋黄孝子特祠碑》与其说是留给东莞的重要文化遗产，毋宁说是对深圳重要的文化馈赠，特别是对于如今的深圳这样一个年轻的移民城市来说，更应珍之宝之。

（2017 年 5 月 9 日）

伉俪学者 30 年修深圳客家史

刘　娥

他俩是深圳最早一批学人，是特区“平凡的开拓者”，亦是中国客家文化的守望者。30 多年前，他俩告别北京的高校，南下深圳应聘，成为深圳首所大学——深圳大学中文系的首批教师。在出色完成专业教学与科研的同时，他俩又从客家方言调查转向客家文化研究，志在修一部深圳客家发展史，推动全国客家研究。

他俩治学严谨，而立之年，深入深圳百余个客家自然村落进行田野调查；古稀之年，仍为历史文化的传承和保护奔走呼号。在深圳被鼓吹为“一夜城”的年代，他俩深入调研，苦心孤诣，分别先后奉献出《客家文化》《深圳客家研究》等著述，为证明深圳是有着自己的历史和文化的城市发出沉着有力的声音。他俩就是深圳大学伉俪学者张卫东、刘丽川。从 53 年前同进北京大学校园，到深大荔园半生相依，这对伉俪学者在治学的道路上有着怎样的故事？近日，记者对两位学者进行了独家专访。

奔赴深大成为首批教师

1969 年从北京大学中文系毕业后，张卫东、刘丽川分别在北京大学中文系、中国人民大学中文系任教。北京高校拥有优越的教学科研条件，二人为何要来深圳？张卫东介绍说：“1983 年 6 月，筹建中的深圳大学面向全国启动招聘计划，我们家一直跟着新开发区走，我们有信心，深圳经济特区建设一定能搞好。”于是，夫妇二人义无反顾奔赴深圳。

"得到招聘消息后，我们立即前往北京和平里的国家人事部招待所应聘。那时是瞒着系领导，没带什么介绍信。也真是'特事特办'，应聘后10天就收到了商调函。"回忆当年夫妻双双南下的经历，张卫东微笑着说："虽然当时我马上给系里写了请调报告，但系里一直不放人。跑了整整一个暑假，方获批准，在深圳大学成立大会的前四天才赶到深圳报到。"

"当时的校领导认为，深圳特区创办的大学，必须是综合性大学，文史哲是必须的。"张卫东说，深圳大学建校时还没有中文系，经过一年筹备，1984年9月第一批中文系新生入学。他们二人和当时六七个老师成了中文系第一批教师，当时只设有汉语言文学专业，学生只有30人。

深圳大学为创建中文系，专门从北京大学请来了国学泰斗汤一介先生和比较文学领军旗手乐黛云先生。他们二位不仅让深圳大学中文系当年成立当年招生，而且让国学研究所和比较文学研究所同时挂牌，令深圳大学在国学和比较文学领域弯道超车领先全国。1984年

9月，校方主要领导还特意为中文系“一系两所”的建立召开了中外记者招待会，这是其他系没有的待遇。乐黛云教授任系主任，张卫东做了她的助手。

成立第一个客家研究机构

伉俪二人在北京大学是同班同学，都攻读语言学专业。到了广东，他们的第一个愿望就是做客家方言调查。在校领导的积极支持下，1985年寒假，他们投入对客家方言的调查中。调查结束后，他们获得两点认识：第一，对于语言成长环境较为单一的北方人来说，不太适合做南方方言研究；第二，客家的历史与文化，不仅很值得投入，且亦能做。于是，他们将研究方向从客家方言转到客家的历史与文化。

刘丽川亦忆道：“当时没有科研经费，校长就为我们找来了500元当作经费，那可相当于当时三个月的工资啊！”张卫东说，深圳大学对于客家文化研究是高度重视的。校长当时曾明确指示：深圳大学是客家地区的第一所综合性大学，应该积极开展客家研究。1988年12月，深圳大学向市民政局申报成立了深圳客家研究会。这是全国第一个以客家为研究对象的民间学术研究机构。

在校、系领导的支持下，1988年他们发表了《论客家研究的几个基本问题》，张卫东于1989年年初与王洪友主编《客家研究》（第一集），1990年著《客家文化》（季羡林主编“神州文化集成丛书”之一），1991年获马来西亚客家公会邀请做全马“客家历史与文化巡回演讲”，1992年开设客家文化全校选修课……张卫东夫妇的客家研究一发不可收。

一辆自行车打开局面

深圳客家是清初形成的新客家地区的代表，是客家“第四次大迁徙运动”中的一个典型。深圳客家，又当以龙岗客家为代表。龙岗客家在来深垦殖的300多年间，有过一个相当长的经济繁荣、文化发达时期。他们既能适应新环境，又能抓住好机遇；既坚持以农为本，又不失时机地发展了本地工商业，带动了本区经济的大发展；既能维护传统，又能带动新风尚。深圳客家既创造了辉煌的历史，又创造了灿烂的文化，因而跟闽、粤、赣客家中心地区的传统客家相比，其文化独具特色，闪烁着非凡的光芒。深圳客家在客家学和客家史上，有其无可替代的地位与价值。

然而，关于深圳客家的文献资料却少得可怜，只有清代两部县志，而其中真正讲到本地客家的，更是少之又少。有价值的资料，都在田野民间：那一座座雄伟的围堡，就是历史的见证；那一部部族谱家乘，便是回顾本地旧时岁月的窗口；那些退休闲居的老人，更是一部部“活辞典”。要想获得这些资料，唯有不辞辛劳，做好田野作业。

几个寒暑假，夫妇二人的“必修课”就是骑上单车下乡跑材料。“单车下乡”，就是张卫东教授蹬一辆单车，刘丽川教授坐他的“二等座”。这样的形象在当地人看来挺有趣的（当地人最差的也是骑着摩托车），所以他们一进村准会被盯上。他们一张嘴说的是普通话，问的是客家事，随即便有好奇的人们围上来，其中必有热心老者或青年主动做向导，看老屋，找老人，寻谱牒。每每顺利异常，令人振奋不已。

他们的调研终于廓清了这样一段基本史实：经过清顺治十八年（1661）至康熙二十三年（1684）的“迁海复界”，闽、粤、赣山区大批客家人来到广东沿海垦殖。深圳是这场大移民运动造成的区划最清楚、人口最集中、发展最成功的新客家地区，因而成为客家第四次大迁徙中的典型。在来深垦殖的 300 年间，以龙岗客家为代表的深圳客家有过近 200 年的经济繁荣、文化发达时期。

历时 10 年的漫漫史海钩沉，从 1991 年调研开始，到 1998 年提笔撰写，并于同年在广东省人文社科研究项目中申请立项，直到 2002 年，刘丽川终于将调研成果撰写成深圳客家研究的扛鼎之作——《深圳客家研究》，此书于当年获得深圳大学学术著作出版基金资助并出版。

在刘丽川看来，该书的付梓，“军功章里有他的一半”。为了爱人能做好研究，张卫东不仅牺牲假期不辞辛劳地陪同，还对其著述给予支持，并提出重要的意见。“每次去龙岗、沙头角，都有他的陪伴，为了让我集中时间写作，他承担了许多家务，还常常放下手头写作课题，随时为我查找资料。我的眼力不好，打字不方便，他还帮我输入书稿。”她笑言，“撰稿期间，就是在厨房炒菜时进行讨论，也经常会从他那里得到满意的答案。最后统稿与题写书名也由他来完成。”伉俪情深，溢于言表。

筹建客家文化图书馆

深圳是一座蓬勃发展的新兴移民城市，其背后悠久深厚的文化内涵往往被忽略。时至今日，将深圳夸耀为“一夜城”的宣传口号成为“绝响”已经有一阵子，将深圳斥为“文化沙漠”的责难声也逐渐消寂。深圳的各级政府和各界人士也已看到，深圳客家承载着 300

余年移民史，有着悠久深厚的文化传统及丰富多彩的文化遗存，这不仅是“老深圳”的骄傲，更是“新深圳”的财富。在现代深圳的文化建设中，应该善待之、善用之。

在这对伉俪学者看来，深圳客家文化独具特色：坚持耕读，重视商业，移风易俗，积极进取，而这些也是深圳移民发展史中体现出来的可贵的精神内核。研究这段灿烂的文化对于了解深圳客家人在“一带一路”沿线的向外拓展史，乃至促进“深圳文化立市”战略实施都有一定意义。

深耕民俗文化领域多年，伉俪二人对于深圳客家研究有着共同的“初心”。“一个城市的文化建设决不能把自己的历史割断。深圳人只有了解了自己的历史，才能知道深圳并不是‘文化沙漠’，曾经有着灿烂辉煌的历史文化，这样才能产生文化自信，不断增强文化自信。”张卫东说，“‘日久他乡变故乡’。希望能将深圳客家研究进一步编写成乡土教材，让未来的新移民、新移民的孩子们更好地了解‘生我养我’的这片热土。”

如果说深圳客家承载了早一批移民的拓荒史，那么这对伉俪学者对于深圳客家的研究也是一种拓荒。在张卫东、刘丽川等一批深圳民俗学者、有识之士的带动影响下，近年来客家文化研究渐成热潮，越来越多的年轻人开始关注、学习深圳本土文化，深圳各级政府部门，特别是龙岗和坪山的，也愈加重视保护客家文化。8月底，坪山政府开了论证会，讨论建设一个在全国有地位、有规模的11层的客家文化图书馆，在藏书方面以滨海客家（广东到广西滨海一带）为主，一旦落成，这里将成为客家研究的新基地。深圳城市设计促进中心最近组织了多次“到客家围屋去串门”的活动，一批“90后”年轻人积极参与其中。记者也目睹了伉俪二人亲当向导，顶着烈日不辞辛劳为年轻人介绍客家历史。

虽已是古稀之年，但伉俪二人仍坚守在民俗文化研究阵地，经常共同参加全国以及东亚、东南亚等客家研究相关学术讲座、论坛。二人对于学问亦是精益求精，每到一个地方，都要查方志、找资料，不断完善既有学术成果，并开拓新的研究领域。刘丽川介绍，目前夫妇二人正在做着广东省粤台客家文化传承与发展协同创新中心特别委托课题——《越南广东客家会馆研究》。

（2017年11月14日）

从渤海到南海：高家人的迁徙故事

夏和顺

深圳坪山区的吓陂村是农村城市化的一个缩影。吓陂村为单姓村，村民全部姓高。曾任龙岗公安分局副局长、大工业区公安分局局长的高远光就出生于吓陂村，他告诉记者，他记忆中的吓陂村是一座小山村，四面环山，进出都只有一条小路；而在记者眼中，现在的吓陂村四面皆无山，取而代之的是连绵的现代化工业厂房，一条宽阔的大道将吓陂村连接成城市鸿篇巨制中的一个逗点。所幸，村中的一座古建筑——高家祠，已历经两个多世纪的风雨，作为历史的见证，仍在向人们诉说着这里发生的沧海桑田的故事。

渤海高氏　粤东开基

吓陂村在清代属惠阳（归善县），20世纪60年代时划归宝安县，深圳经济特区成立以后，其先后从属于龙岗区、坪山新区和坪山区。

“渤海家声远，龙陂世泽长”，高家祠的这副楹联道出了高氏的祖脉源头——山东。楹联的书写者高传瑞曾任坑梓镇教委主任，出生于附近的大窝村，与吓陂村高氏同宗。高传瑞是高氏家族的文化人，曾撰写过高氏族谱。他向记者介绍，高氏祖宗从山东辗转迁居广东潮州、兴宁、博罗等地。清康熙年间，高氏家族开始从博罗往惠州、宝安交界处迁徙。清乾隆十五年（1750），高东俊发现了群山环抱的这块宝地，于是携妻傅氏及三子居宽、屏宽、成宽在此安家，是为吓陂村开村始祖。

高东俊父子白手起家，在现今祠堂左侧搭起四间茅屋安身，起初租种邻村土地，后来一边垦荒一边在山岭植松种树，在房前屋后龙淡河岸栽种翠竹，又在沥背岭下大窝肚里开垦果园。高传瑞说，渤海高氏“勤俭兴家、仁爱接物”，经过高东俊及其后人数年辛苦耕种，吓陂村果木成林，翠竹成荫，高氏渐成富足之家。村中老人至今念念不忘，屋背山上曾有九棵古松，都是两人合抱不拢的参天大树。村民们还回忆说，祠堂左面龙淡河畔曾有五里多长的竹园，种有黄竹、单竹、麻竹等，长年翠绿的竹园也是吓陂高氏世代赖以生存的经济来源。

高家祠堂始建于乾隆三十八年（1773）秋天，次年冬竣工，族人捧祖登龛。高家祠堂为土木结构，二井三进，在今天吓陂村人的记忆中，这座建筑历经风雨，曾于 1985 年、1997 年、2008 年三次修缮，至今基本保持原貌。祠堂的“高家祠”楷书横额是 1985 年修缮时由高传瑞书写的。

高氏家族崇文重教，祠堂落成后，先辈们请来先生，在祠堂门前禾坪北面办起了私塾，教小童读书识字。

当地村民回忆，20 世纪中叶，吓陂村围绕着祠堂大约有四五十间房屋，至今大部分仍然保留着。

清朝中晚期，吓陂村村民开始在龙岗等地开设木厂店、布衣商行等，有的外出从事建筑业，有的则在家就地取材编制竹器销售。该村以农业为本，多种经营，业兴财旺。

矢志抗日　保家卫国

高氏家族与东江纵队及抗日战争紧密相连的一段历史，是今天吓陂村人的光荣与骄傲。吓陂村因群山环抱、位置偏僻而成为东江纵队最早的根据地和堡垒村。

今年 86 岁的高伯棠老人是村里健在的“老革命”之一，他于 1944 年参加东江纵队，任司令部情报交通员。1945 年 8 月 19 日，他奉命与交通站站长一起将曾生司令员签发的最后通牒《限令日军解除武装，向东江纵队投降》送达在深圳的日军司令部。高伯棠向记者介绍，当年游击队在吓陂村的高松家中建立指挥部，在高加家设交通站，在自己家中设救护站，在祠堂的中厅、下厅设小军校，而村口的一片空地则是游击队操练场地，沥背岭上设有瞭望哨。

高伯棠介绍，最早来吓陂村做抗日宣传的是淡水高家村的宗亲高健，他是东江纵队惠阳大队大队长，经常与李东明政委到吓陂村活动。因部队在此结集，曾生司令员也多次到此，还曾向村民宣传抗战，教育村民保守根据地和部队的军事秘密，支援抗战。高伯棠说，祠堂右侧的小屋曾是曾生住处，祠堂、屋背竹林是部队宿营地。

据该村村史记载，当时该村仅 70 多口人，在抗日战争和其后的解放战争中就有 14 人参军入伍。仍然健在的除高伯棠外，还有他的兄弟高伯泉，高伯泉 1948 年参加了中国人民解放军江南支队。

记者在吓陂村见到了高松的长子高英泉和次子高英源，高松 1939 年参加抗日组织，1943 年参加广东人民抗日游击总队，在沙湾战斗中，英勇突袭炸毁日伪军碉堡，负伤致残，左眼失明。他曾任广东人民抗日游击总队惠阳大队手枪队班长、东江纵队北江支队手枪队队长。

此外，老党员高加1939年参加抗日组织，早年在家乡宣传抗日并任抗日游击队交通员、交通站站长。他经常冒着生命危险传送情报，在一次执行任务中与敌人遭遇，被敌人开枪打飞了帽子。吓陂村参加革命的14人中，有2名烈士，1人战场失踪。

高伯棠说，当年村民组成运输队给部队担粮、运物资、抬伤员，妇救会则为游击队放哨、筹粮、护理伤员。村民自己常以野菜充饥，省下的粮食留给游击队伤员吃。在艰难岁月，村民无一人向日伪告密。

改革开放　山村巨变

吓陂村村长高远明言语不多，人很实在，他向记者介绍该村现状：面积不到10万平方米，常住人口130多人，去年人均分红16800元。高远明坦言，收入主要来源于厂房的租金，而人均分红在几年前只有1万元。

或许，与中心区域的某些村庄相比，这个数字微不足道，但对吓陂村人来说，他们已经感到了芝麻开花节节高的喜悦。

2004 年，深圳实现全面城市化，原宝安、龙岗两区的农业人口全部转为非农业户口，吓陂村土地 26.6 万平方米转为国有，转地费 800 万元。村集体以此款建厂房出租，租金大多用于村民每年分红。

据了解，吓陂村前原来的羊肠小道于 1986 年铺成 3 米宽的水泥路，1992 年扩宽为 5 米，2007 年再度扩宽为 8 米。1985 年以前，村民的住房全是瓦屋，较为逼仄。高远光带着记者参观他的祖屋，只有 7 平方米左右，那曾是他全家人居住生活的地方。这种情形到 20 世纪 90 年代后有了根本改观，1992 年至 2004 年，全村建私人住宅楼 13 栋；2010 年，吓陂住宅新村建成，全村共有楼房 93 栋，全体居民住上了新楼房。

道路拓宽，山地铲除，建厂房和招商引资成了洗脚上田的村民们从事的主要工作。从 1997 年到 2013 年，吓陂村新建厂房 8 栋，建筑面积 13600 平方米，私人兴建厂房 5 栋，建筑面积 2400 平方米。村里新建商铺、超市 13 家。吓陂村除出租新建厂房外，还出租了 4.5 万平方米的土地。据介绍，吓陂村集体总资产近 2000 万元，年收入 200 多万元。

宗祠村史　珠联璧合

吓陂村村史馆是坪山第一个与宗祠合璧的村史馆，旨在挖掘本土文化，弘扬本姓家风家训，教育族人，传承后代。高家的“渤海家风”为“忠诚仁义、勤政兴邦、崇文博学、笃孝传贤”，十六字家风被世世代代传诵。吓陂人才辈出，先祖披荆斩棘白手创业，战争年代共赴国难，改革开放之际创新进取。

高远光向记者介绍吓陂村时，称高氏族人仁厚、善良、淳朴、忠勇，为当地人所共识。这与高氏渤海家风息息相关。他认为，祖先建立祠堂，意在慎终追远，不忘根脉；村史进祠堂，只为承前启后，世代相传。

吓陂村村史馆由民间自发，吓陂村与坪山区东江客家文化协会共同建立。叶凌为策划、编辑、设计坪山新区文化的顾问，她告诉记者，祠堂是祭拜祖先、宗族议事、执行家法、主持庆节及婚丧嫁娶仪式的场所，祠堂不可随意动土，恐惹怒先人。做事开工必选吉日，秉烛上香，恭敬叩拜，如若不然，轻则怪事连连，重则不伤即亡。因为有此大忌，村史馆的项目数月不得推进。

后来在东江纵队老战士高松之子高英源等人的多次斡旋下，村主任高远明组织村中族人反复讨论，最后确定，杀鸡宰鹅举办村宴，犹如节庆。表亲黄玉东做了前期最艰苦和琐碎的工作——资料收集。他挨门挨户采访老人，拍照摄像，打无数电话求证写稿，整理口述记录，常常忙到深夜。高传瑞撰稿，高远光把关。张卫东、刘丽川、彭全民为顾问。叶凌说，村史馆正式立项的那一天，村里除村民外，本村在外地工作者以及居住外埠的族人也被邀请参加。

2015年年底，吓陂村村史馆开幕，开幕式隆重而热烈，村里举行了规模更大的盛宴。记者在高家祠见到，除上堂即祖堂外，中堂和下堂均被利用，两边墙壁挂满了展板，内容包括吓陂村史、高氏源流、渤海家风、高姓家训、高家祠颂、吓陂名贤等。

吓陂村现名深圳市坪山区龙田办吓陂居民小组。逝者不可追，来者尤可待。在疾速的城市更新中，吓陂宗祠曾一度被政府规划为绿地，但高家祠和村史馆似乎更具有标本的意味。

（2017年4月25日）

百年“坑梓黄”的拓荒故事

刘　娥

2017 年 8 月底的一天，台风“帕卡”登陆珠三角，一场暴风雨对坪山坑梓阿婆叫沥河边的数十座客家围屋肆意地击打着。临时搭建的帐篷，被这场突如其来的台风吹掀了顶。经过连夜抢修，坑梓黄氏六世祖维琰公宗祠的重光庆典得以在凌晨 5 时的秀新社区禾场吓村如期举行。

这场庆典将百余坑梓黄氏后人重新聚集，并吸引了一批深圳客家民俗研究学者、建筑设计师、考古鉴定专家前往。作为独家受邀的媒体，《深圳商报》记者一同亲历了这座历经200多年风雨的客家围屋的入伙仪式。维琰公宗祠与坑梓其他客家围屋一样，都属于同一个姓氏——"坑梓黄"。作为最早一批移民，坑梓黄氏已经在深圳繁衍300余年，并一度发展到坑梓人口的80%。在历史的风雨背后，有着"坑梓黄"怎样的拓荒故事？

百年宗祠重光：
用仪式将自己与祖先重新联结

黄氏后人黄奶仔是坑梓黄氏六世祖维琰公宗祠重修理事会成员，他热衷于宗族历史研究，俨然一部行走的坑梓黄氏史书。据他介绍，六世祖维琰公围屋始建于清乾隆年间，面宽约73米，进深约40米，占地约3000平方米。整个围屋由两堂四横、一月池、一禾坪组成。围屋内部宗祠占地面积约80平方米，两进一天井，是禾场吓村唯一的一座祠堂。祠堂一进具有议事设宴功能，二进则具有祭祀祖宗功能。祖堂供奉“黄氏堂上始高曾祖考妣神位”神龛，神龛下方供奉土地龙神，正上方挂“江夏堂”金字匾额；右侧供奉观音菩萨。每逢除夕夜、年初二以及农历每个月的初一和十五，维琰公子孙都会集聚祠堂祭祖，俗称“打炮仗”。

黄奶仔介绍，祠堂重光庆典是指祠堂修建前先将祖先牌位及观音像请到临时神位安置，等祠堂修缮完毕后再将它们请回祠堂安位，类似于旧居翻新重新入住的庆典仪式。这是家族兴盛的象征，但已多年未举办。客家研究学者刘丽川、张卫东研究深圳客家历史已有30余年，他们对记者表示还是首次亲历客家人的重光庆典。坪山区文化顾问叶凌更是亲自端起摄像机记录整场仪式，被雨水打湿了全身也浑然不觉。

六世祖维琰公宗祠的重光庆典是坑梓黄氏的一大盛事，早在数月之前就开始筹备。即便台风肆虐，这场庆典依然如期举办。舞麒麟一起，百年宗祠骤然醒来。从祖祠出煞、请龙神、安龙神到开光仪式、拜请天地神明，到请师、神牌揭幕、龙点睛，再到奉祖升座、安祖公、子孙上香、大发龙米、祝吉祥辞、三牲祭祀、答谢扶师等，整个仪式历时将近5个小时。中午，禾场吓住宅区摆桌开客家大盆菜席宴答谢亲友，黄氏近百名子孙怀着对祖先最虔诚的敬意，在复杂的仪式间将自己与祖先重新联结。

“坑梓黄”曾有多显赫：沿着阿婆叫沥河建60余座大型围屋

记者在维琰公宗祠的碑文中看到，黄氏的始祖可追溯至中华民族共同始祖——黄帝。黄氏发祥地在河南信阳市潢川县的黄国故城，它是春秋时期诸侯国都城，于2016年被评为国家文物保护单位。其先人中有一个拥有闪亮名字并养有“食客三千”，他就是“战国四公子”之一的春申君黄歇。宗祠门联“绩著循良第一，家传孝友无双”，颂扬的则是治绩显著的先人颍川太守黄霸和“二十四孝”中为父扇枕温衾的黄香，从中可窥黄氏对于宗族、礼教之重视。

刘丽川介绍，清初“迁海复界”，坑梓黄氏始祖朝轩公由惠东迁坪山高寨子，后在坪山江边村建黄氏宗祠。康熙三十年其子居中公携妻带子迁居坑梓，在老坑建“老祠堂”（于2001年被评为龙岗区文物保护单位“洪围”）。后坑梓黄氏广置田园，发展经济，先后沿着阿婆叫沥河建了60余座大型围屋，包括被评为省级文物的龙田世居，以及新乔世居、秀岭世居、秀山世居、长隆世居、青排世居、回龙世居等，成为当地望族。

彼时黄氏赶上“康乾盛世”，社会经济稳定。黄氏族人在继承和发扬客家人重视耕读文化的基础上，亦相当重视商业、手工业的发展，可谓“士农工商”并举。刘丽川介绍，坑梓出产大米、花生、甘蔗，黄氏收购大米、开油坊、榨蔗糖，将米、油、糖通过阿婆叫沥河贩运到惠州等地，再从惠州买回肥料和石灰卖给坑梓村民，以此促进当地生产，最终完成巨大的财富积累。

此外，黄奶仔介绍，“坑梓黄”通过与“惠阳叶”“坪山曾”“龙岗罗”“坪地萧”“葵涌潘”等大家族联姻，建立了庞大的家族脉系，地位也不断得到巩固。八世祖、九世祖、十世祖、十一世祖等，甚至传出整村与叶氏对亲互嫁女儿的佳话；四世祖瑞钟公则娶大万世居后人为妻，其孙得以将生意拓展至坪山，创立"丰田世居"；十世祖薰葶的妹妹癸凤嫁鹤湖新居后人为妻，薰葶后与罗氏一家到牙买加经商拓业。

子孙散落何以相认：能背《外八句》《内八句》便是黄家人

祠堂碑文上有载：坑梓黄氏草创之始，披荆斩棘，艰苦经营。经过326年繁衍，居中公后裔达数万人之众，并由老坑开拓发展至秀新、龙田、金沙、沙田、坪山、龙岗、惠阳、大亚湾和广西等地。三世祖振清公助父开基坑梓，立祠置产，好施乐善；四世祖瑞钟公锐意进取，在康熙、雍正年间与长兄共同建立6000平方米的大型围屋"秀岭世居"；五世祖卿元公遵循孝道，维护父辈基业。

据黄奶仔介绍，居中公后裔中共有78个曾孙（五世祖），其中71个五世祖共有244个儿子（六世祖），另外7个五世祖的儿子未知。而维琰公仅是这么多六世祖中的一个，为何独他一人在禾场吓建立宗祠？

黄奶仔称，维琰公生于乾隆十九年（1754），卒于嘉庆廿二年（1817），享寿64岁。其谥文睦，讳挺魁，字维琰，号燕亭，系清最高学府国子监肄业，“维琰公祖父瑞钟公建大型围屋‘秀岭世居’，家境显赫。其父五世祖卿元公维护并乐享父辈基业。他则出外打拼，终在禾场吓村建立宗祠”。禾场吓因在高禾场、猪屎禾场和深禾场三个禾场下方而得名，其中高禾场属于维琰公第六子奕宽公。

维琰公生有奕成（“成公号”始祖）、奕茂（创龙坑世居）、奕麟、奕敏（创井水龙围）、奕松（“荣兴号”始祖）和奕宽（“万兴号”始祖）6个儿子，还有28个孙子、80个曾孙。其后裔开枝散叶于国内外，国内的主要聚居在禾场吓、井水龙、竹坑、罗庚丘，以及沙头角、韶关、惠州、香港等地。

海外的维琰公后裔，则散布于美国芝加哥、加拿大多伦多和温哥华、英国格拉斯哥、澳大利亚悉尼、越南朱笃、柬埔寨金边及牙买加、马来西亚的一些地方。

黄氏因为分家拓业而迁移各地，后人何以相认？相传，唐工部侍郎黄氏峭山公作《外八句》和《内八句》，两首诗凝聚宗族血脉亲情，以便子孙相认。不过由于各系子孙繁多，导致传下版本不一。记者在维琰公宗祠的碑文上看到这两首诗，其中《外八句》写道："信马登程往异乡，任寻胜地振纲常。足离此境非吾境，身在他乡即故乡。早暮莫忘亲嘱咐，春秋须荐祖蒸尝。漫云富贵由天定，三七男儿当自强。"由此，黄氏教育子孙居安思危、立志四方，弘扬家传孝道、自强不息的思想可见一斑。一句"身在他乡即故乡"，又道出黄氏"既来之则安之"的辟壤乐居精神，让人不禁联想到深圳的"拓荒牛"精神。

乡土中国再思考：
百年围屋闲置破败，如何活化？

黄奶仔讲述，十二世后人黄竹如生前讲述母亲河——阿婆叫沥河名称的来历说：“以前孩童没有什么运动，夏日经常去河里游水（游泳），阿婆就在岸上叫喊小孩不要去游水或者喊他们回来吃饭（‘叫’在客家话有‘喊’的意思），所以有了阿婆叫沥之名（一说是因为农忙时阿婆忙不过来在河边急哭了，‘哭’与‘叫’在客家话中也是同音）。”至坑梓黄氏三、四世祖改造河道，形成今天阿婆叫沥“九曲十三弯”的河道。正是这条数公里长的河道，串起了60余座大型客家围屋。

据刘丽川介绍，20年前河流上游建立工业区导致河水被污染。如今的阿婆叫沥河只有3米多宽，水流将断未断，遇着暴雨，河水愈加浑浊不清，只能想象往日河上商贸往来的繁荣局面。而历经百年风雨的围屋，如今夹杂在民房高楼之中，大多处于闲置破败状态。今人也只能从10余座保存较为完整的大型围堡中，依稀窥见坑梓黄氏往日历史的辉煌。

中国社会学和人类学的奠基人之一费孝通先生在其著述《乡土中国》中有云，泥土是乡人的生命，中国人在泥土中形成了许许多多的优秀品质。而随着城市化的发展，由泥土性衍生的乡土环境也被围上了钢筋混凝土的藩篱，以至于今日，我们要从乡土社会和现代社会的特征中找出乡土社会正在丢失的“脉脉温情”显得更难。这次坑梓黄氏用对祖先的敬畏之心，缔结起整个家族血缘与地缘的社会网络，正是在城市化进程中试图留住乡土中国的一种尝试。

（2017年9月19日）

一百多年前西方文化这样传入深圳

魏沛娜

近代时期的深圳，既不同于广州、南京、天津、上海、青岛等受西方大资本投资青睐的大城市，又不同于五邑侨乡那种中国传统乡村社会，其教会建筑作为一种伴随西方文化传入深圳的建筑形态，究竟反映了深圳地区对外来文化怎样的一种态度？2014年，当时还是深圳大学建筑与城市规划学院研究生的葛琳，在历时两年的调研与思考基础上，开始着笔，用了约一年时间撰写完成其硕士论文，并于2016年正式出版，这就是《深圳近代教会建筑传播与影响研究》。现任职于广东省建筑设计研究院的葛琳近日接受了记者专访。

“开放”基因百年前已深植深圳

“建筑这种存在很有趣。你处在一个时代，无论是过去的工匠，还是现代的建筑师，即使并未感受到作品当下的社会意义，反过头来看，都必定附带有那个时代特有的社会情绪。”2012年，葛琳成为深圳大学建筑学专业研究生。起初，她对深圳近现代历史颇感兴趣，但还没想过要研究深圳近代教会建筑。随着不断行走，她最终还是把研究对象锁定在教会建筑上。

在葛琳眼中，深圳在中国近代史上属于边缘城市，它所处的地理位置、历史文化背景，与近代被英国侵占的香港的交流活动，决定了深圳近代建筑有着同其他地区不尽相同的发展模式。相比通过通商渠道进入深圳的骑楼建筑（以观澜为代表）及民间传播渠道进入深圳的侨乡建筑（以沙井为代表），教会建筑的传入更早且广泛，并具备成体系传播的特征。

葛琳告诉记者，她写“深圳近代教会建筑传播与影响研究”这个题目的出发点，便是想通过教会建筑这种外来文化交流的产物，理解在那个动荡的时代背景下，本土文化自发自省的嬗变过程。“就是说，深圳这个地方原有一种文化属性，在心理上具有接纳外来文化的开放态度。也因此说明，这个地方不是凭空一下子就变成今天的‘深圳’的。”葛琳说。

两年走遍深圳古村落

支撑整本书内容的一个重点是田野调查。葛琳说，在2013年到2015年期间，她对深圳历史上曾建造的教会建筑现状、所在村落建筑及景观保存现状进行了全面的实地调研。比如，研究教会建筑在深圳地区的传播与影响，一方面是传播进程，一方面是影响情况。传播的进程建构在整个深圳地区近代的村落体系上，这一方面以民系分布和自然村聚落入手，按区域考察，而影响的情况则需分辨不同类型近代建筑的交叉作用。

葛琳讲到，近代深圳受西方建筑影响产生的建筑类型大致有三种：教会建筑（教会传教渠道）、骑楼建筑（早期通商渠道）、侨乡建筑（民间传播渠道）。这三种类型的建筑装饰风格颇为相似，影响范围程度的判断依赖于实地考察。

葛琳说，调研之初的资料来自深圳市文物普查，第一步是按图索骥，找到所有出现过外来建筑风格的广、客传统村落，划定每个以自然聚落为单位的调研区域。第二步去到每个自然村聚落，对调研区域内所覆盖的村子走访调查，以记录大数据和取得照片为主。第三步依照传教史料确定近代教会据点，并推断传教路线，按传教路线重新调研据点村落。第四步才是教会建筑的调研测绘。两年时间，除去阅读文献和写作，断断续续也有一年时间泡在各个村子中。沿传教路线重走那些村子自然颇多感慨：“当我坐大巴由关内去大鹏，可以想见，当年教士徒步穿越不通牛马只可步行的梅沙尖，花费四天到达南头县城的辛苦。”当沿羊台山北麓，自海边的福永墟一路深入内地，葛琳又想到，教士在传教的过程中也必定进过大大小小或友善或排斥的村子，最终形成一整个沿线的教区。

此外，谈及调研的艰难，葛琳也不无感慨，深圳历史资料的匮乏为自己的研究带来不小的困难。“我要承认的是，深圳在历史文物保护方面做得还不是很够，导致我想写这样的题目，很多资料找不到，尤其像我这种建筑学专业的，特别需要将田野调查和历史文献相结合。深圳这方面的历史资料保存记录意识有待加强。”

西方文化传入深圳的重要标志

根据深入的调研，葛琳告诉记者，深圳地区的教会建筑遗存数量不多，保留有实体的建筑更是屈指可数。具体说来，深圳近代的教会建筑，历史上大大小小共建成 76 处，包含有教堂、教会学校、圣山墓地、公所、育婴堂、安老院等类型。现今保存有遗迹的还剩 17 处，原址新建现代教堂的有 7 处，其余 52 处已不觅踪迹。

成立于瑞士的巴色差会最初名为德国差会，又名崇真会，是进入深圳地区最早并且影响最大的基督新教差会。1848 年牧师韩山明在沙头角租赁房屋传教，这是最早出现在新安县的传教活动。至于深圳第一座教会建筑，也是由巴色差会牧师黎力基建于 1854 年的布吉李朗基督教福音堂，后于 1864 年扩建作为乐育神学院（存真书院）。

“虽然乐育神学院的建筑仍采用当地的建造技艺，材料上选用当地的青砖，砂石抹面，灰瓦覆顶，但无论是开窗形式还是学校内置的排球场、足球场，完全不同于当地原有的私塾，这间神学院的出现是西方文化传入深圳的一个重要标志。”但令葛琳感到非常遗憾和惋惜的是，乐育神学院虽然于 2001 年已被评定为区级文物保护单位，却在 2008 年 7 月 24 日修建水官高速之际被悄然拆除。

葛琳指出，目前保存较好的南头古城天主教育婴堂、葵涌东江纵队司令部旧址（原天主教堂）、布吉老圩村基督教堂、浪心古村基督教堂与虔贞学校、白石龙天主教堂等已成为文物保护单位，但仍有其他不少老教堂被拆毁，有的在原址或附近重建，也有一部分因未被深圳基督教、天主教爱国会收回，以至于未受到保护而破败。另有一些建筑虽现址已不存，但仍留有一些珍贵的影像、文字档案，这些资料对研究当地教会建筑的建造背景及目的、建造者的背景、建造环境及建筑材料、结构、形式等有重要的价值。

需要注意的是，葛琳在书中所研究的教会建筑，实际上主要是指“基督新教”与“天主教”的建筑。这些建筑的分布与近代深圳地区的族群又有关系。众所周知，近代深圳地区生活着四个不同的族群，即本地人、客家人、鹤佬人和疍家人。葛琳指出，在这四个不同的族群中，本地人具有优越的文化心理，对不同质的西方近代文化先天排斥。同样，福传工作在鹤佬人及疍家人的生活区内也是很难进行的，这些族群的民众以强悍而闻名，对其他文化有很强的排斥性。

然而，无论是天主教还是基督教的教会和教士，都对生活在广东沿海的客家人有更好的印象。“他们普遍认为客家村落对福传的态度较为开放。而这种态度的来源可能与客家人的混合身份认同有很大的关系，客家人习惯于从一处迁到另一处甚至迁居国外，在与不同的种族和异乡人接触的过程中客家人更乐于接受新的事物，并在不同的文化中选择对自身有益的方面进行汲取。”葛琳分析道。

唤醒人们对遗产保护的重视

通过研究深圳的教会建筑，可见其遗存少而形制并非典型，但葛琳强调，她的重点恰恰不在研究建筑的功能、形式、构造等物质因素。她是想通过对教会建筑的建造历史，教会建筑及受其影响的传统民居空间演变、形式来源、营造思想的探究，解读近代深圳地区中西建筑文化交融中所隐含的文化属性。

在近代特殊的历史时期和社会背景下，以传教活动为媒介输入的西方文化进入远离中原文化中心的深圳地区，给地方传统的村落与民居带来了冲击。两种不同背景与内容的文化——西方宗教建筑文化与岭南传统村落建筑文化，在当时的地理气候、政治局势、社会宗族、村落系统、经济技术等多方面因素的影响下，彼此调试融合，形成中西合璧的建筑式样。取决于不同的传播路径与影响深度，深圳地区教会建筑呈现出多元化的特征，一些建筑保有典型的西方古典建筑风格，一些虽整体形制极接近于地方民居，但使用了外来的构造技术或装饰风格。也就是说，综观深圳现存所有的教会建筑，没有任何一座单纯维持着中式或西式的建筑风格，或多或少都具有文化交合的痕迹。

“在深圳这样一个以移民文化为背景的地区，多元文化的传播与交流是这个地区文化发展的固有特性，民众对外来建筑文化的接纳、对先进建筑理念及技术的汲取以及对本民族建筑自身优点的坚持，对于深圳在全球信息交流的大背景下地域建筑文化的走向有着深刻而积极的借鉴意义。”葛琳说。

同时，在葛琳看来，教会建筑见证了近代深圳外来文化与本土文化的交流，虽然作为一种宗教文化遗产，其规模和形制都不足以与上海、广州、沈阳等近代大城市的遗迹相提并论，但其建筑物本身对深圳近代建筑发展研究具有重要的价值。

（2017年6月20日）

百年虔贞学堂的新“堂主”

蒋荣耀　李旖露

125 年前，一群外国传教士在深圳龙华大浪浪口村创办了虔贞学校，而进入虔贞学校的是一直缺失教育机会的客家女童；今天，这所古老学校成了为社区里外来务工家庭的孩子提供免费艺术教育的学堂，而学堂的“堂主”是一名外国人。

每周日下午两点半，来自美国的人类学博士马立安会携同不同领域的艺术家开展面对社区儿童开放的艺术教育课程，包括摄影、绘画、做手工等，至今已办

19 期。

对历史的保留与回馈

12 月的一天，记者来到龙华大浪基督浪口堂，从基督浪口堂下的小道走两分钟就到了虔贞学校。

学校周围带着一股轻快的生活气息。操场上浪口村村民晾晒着腊鱼，空地上几个小孩儿追逐打闹，旁边满园春面店炊烟袅袅。

百年女校、美国人马立安、社区儿童、艺术课程……这些混搭的元素，让今日的虔贞学校充满了独特的魅力。

虔贞学校见证了基督教在深圳的最早传播，见证了客家文化的包容开放，也见证了现代教育的种子在深圳落地生根。如今，一系列对虔贞学校的“活化”，是对历史最好的保留与回馈。

虔贞学校坐落在龙华新区大浪浪口村，与基督浪口堂相依。学校前身是 1862 年开设在香港西营盘的“巴色义学”，于1891年迁往浪口。

作为一所教会学校，虔贞学校经历过两次世界大战，曾有上百位外国教师在这里任职，20世纪50年代外国传教士全面撤出，学校移交给新的政权，直到1985年停止办学。

2007年，宝安区将其确定为重点文物保护单位。2016年，完成修缮后的老校再次对外开放。

开教育先河的百年女校

浪口村曾经是中外文化交会处，虽处沿海地区，却又远离海岸，是一个客家村落。

据唐冬眉、王艳霞所著《虔贞女校》一书描述，新安县村民借近香港之利，到香港打工，见识了受基督教习俗影响的香港。另一方面，在中英签订《南京条约》后，欧洲各国传教士便开始以香港、澳门为据点，寻找向内地传教的机会。这些传教士还学习了粤语、客家话、潮州话。

这样一来，新安县和基督教便有了文化上交流的可能。后来，这些传教士最先从新安县登陆，逐渐地向中国内陆传教。

来自瑞士的巴色差会早在1847年就尝试进入浪口村传教。巴色差会是欧洲基督教义宗之“三巴”之一。据香港崇真会资料记载，1866年，浪口村建立基督教堂。

传统中国社会里，妇女缺乏接受教育的机会。客家女子年龄很小的时候就帮助父母操持家务，照顾弟弟妹妹，或下田劳作，终身与读书识字无缘。基于男女平等的社会价值观，巴色差会传教士传教的同时也积极办学，为客家女孩提供了读书的机会。

从1848年开始，传教士在新安县设立过神学训练班、小学、男校、女校。1891年，巴色义学由香港西营盘迁徙到浪口村基督教堂旁，更名为虔贞学校。此后，这所学校成为了民国女子教育启蒙的承传载体。

在学校里，这些女学生每天要学习现代知识，接受欧洲式教育，放学后，还有编织、烹饪、缝纫等学习和训练。最为鼎盛时，女校学生达数百人。民国时期，有多人从这里毕业考入黄埔军校和保定学校，踏上北伐的征途。20世纪四五十年代，这里也走出了数十名潜心教育的中小学校长。

马立安的深圳之旅起步于城中村

如今，虔贞学校已成历史。但对教育的探索和文化的传承是一脉相承的，马立安努力探索了一条“活化”具有悠久历史的空间的道路，让更多人能了解大浪，了解浪口和虔贞。

你也许会好奇，为什么是马立安这样一个外国人成为具有百年历史的女子学堂的新“堂主”？

马立安其实是深圳的“熟客”。她来深圳已21年，见证了发生在这片土地上的变迁。

不过，马立安与中国的缘分早在1976年就开始了。小学六年级时，马立安选择中国作为学习报告的对象。正是那时，她对中国产生了浓厚兴趣。高中和大学时，她曾分赴菲律宾、中国台湾学习中国语言、文化。终于，在1995年，马立安从美国到深圳做人类学研究，从此成为了深圳的长居客。

马立安在深圳的生活与城中村有着千丝万缕的联系。在《深圳口述史》中，她回想了刚来深圳时的情景：原经济特区内村里的地刚收回来三年，村民们仍在拼命盖楼，就是现在的“握手楼”。那时这些村子被称为“新村”。

后来的许多年里，马立安辗转住过几个城中村，落脚城中村做访问、调查和文化艺术活动。当2014年白石洲正式被列入深圳第一批旧改名单时，马立安和其他四位艺术家在白石洲开创了一个艺术空间“握手302”，通过分享会、工作坊、排话剧等艺术活动方式带更多人走进城中村，交流想法，保留和传承白石洲的城市记忆。

2016年年中，在虔贞学校艺展馆准备对外开放时，马立安获邀担任馆长，“握手302”也承办了其中的“艺术童萌”项目。

马立安和大浪街道办事处工作人员、艺术家共同策划了“虔贞学堂”“虔贞论坛”“虔贞影像”等“活化”项目。每周日开展的“艺术童萌”——对孩子们的艺术教育课，是目前虔贞学堂的主要部分。除此之外，艺展馆也举行过大浪客家文化高峰论坛、客家文化嘉年华、纪录片观影会等活动。

“这是一个在政府、原教会和村民三方合作下诞生的公共文化场馆……旧改的成功典型，虔贞学校艺展馆传递社会的正能量。”胖鸟剧团团长、深圳著名文化人杨阡在今年6月“‘虔贞学堂’的未来”的研讨沙龙上谈到艺展馆的文化意义时说。杨阡是马立安的丈夫。

深圳画院的朱淑桢说：“应该利用好虔贞学校艺展馆，推广公共文化事业，面对浪口这样一个移民较多的社区，可以通过丰富的文化活动，培养外来居民的归属感。”

据马立安介绍，明年学堂将开展针对女性活动的社区教育课程。

让孩子们看见未来的可能性

记者第一次过来采访的时候，正好是周日的上课时间。

毛颖芝蹦蹦跳跳地跨进了艺展馆，一进门就和马立安来了个结实的拥抱。艺术童萌是一个开放的课堂。在经常过来上课的十几个孩子中，颖芝是最依赖马立安的。无论是找不到东西了，还是成功粘好了整排串珠，她都会大声喊：“马奶奶，马奶奶。”

上周没来上课的孩子拿着空白的纸盒子开始“赶工”。这节课吴丹老师要教他们在纸盒上装上小灯泡和简单的电路，让盒子亮起来。

童萌课程的创意最初由马立安提出，课程由“握手302”的团队共同设计筹备。马立安请来她的朋友吴丹、马可、雍雅、老梁等具有艺术、创意背景的老师给孩子们上课。

除了上课，学堂还举办儿童电影节，邀请孩子们创作电影票和海报，让孩子们全程设计并演出《大浪故事》手偶剧，还组织家长参与“创客制汇节”的亲子活动。

吴丹老师认为深圳多数大型的艺术机构意在培训孩子的技能，但童萌的宗旨在于用艺术的方式教育孩子，让孩子用创造性思维去学习。

马立安以制作生日贺卡为例说，她发现不同的孩子有不同的梦想和心愿，所以制作的每张贺卡都不同，“这就是创造力的表现。她们发现一个问题——我们要送朋友一张贺卡但是没有钱买，那怎么办？然后创造解决问题的方法——比平时早一点去虔贞学校，自己做一张贺卡”。

“过来上课的，女孩子偏多。刚开始，孩子画画，画的题材都是小公主。现在，女孩们不画小公主了，开始有其他的想法，题材丰富了很多。”马立安的助手朵朵见证了孩子们思维上的转变。

“孩子每周都主动要求去上课，偶尔有事未能去，就很难过，总是念念不忘。”豆豆并不住在浪口村里，但每周只要有空，豆豆的爸爸王浩锋一定会带孩子去上课。从豆豆口中，王浩锋了解到孩子很享受上课的过程，不仅喜欢其中的科学和创意知识，更喜欢上课过程中的动手参与，也懂得了小伙伴之间要有团队合作。

"我每周都来，很开心。"任琦祾、王欣雨、陈好这几个住得近的孩子几乎节节课不落。

马立安说，学生多是住在浪口村的8岁到13岁的孩子，他们的父母多是外来务工人员。和城市的名校相比，这些孩子能够分享的教育资源少很多,加上家长忙于生计，很少主动为孩子寻找更多更好的受教育机会。

马立安深知，对于城中村社区的孩子来说，势利的教育价值观也不能保证他们进入顶尖学校，"但一个更自由更有理想的童年可能会让孩子发现自己的优势而为未来创造一条新的道路"。

她说，为社区的外来务工家庭的孩子做公益艺术教育项目，就是希望这些孩子能在由不同领域的艺术家主持的课堂里，感受自己未来的可能性。"我不一定能帮他们成为画家、艺术家，但也许会让他们的人生多一种可能，多一个机会。"马立安用越来越熟练的中文这样说。

（2016年12月27日）

一百年前远赴加勒比的深圳人

魏沛娜

有着非裔和客家后裔血统的葆拉·威廉斯·麦迪逊——前 NBC（美国全国广播公司）高管和通用电器公司副总裁，在 2012 年退休后踏上了寻找自己客家籍外祖父塞缪尔·罗（中文名字罗定朝）的旅程，从此开启了一段跨越地域、种族和文化的寻根故事。这是一个实现了美国梦的美国精英女性寻找自我的故事，是一段源自中国广东深圳龙岗地区客家围屋鹤湖新居的百年传奇，是一部客家先民海外垦荒拓殖的真实历史，更是中国宗族文化和全球文化融合的文化标本。

葆拉的表弟——深圳鹤湖客家罗氏后裔罗敏军撰写了《远渡加勒比：彼岸的祖父》一书，他在书中尝试以翔实的历史资料、鲜活的历史人物，生动具体地再现祖父罗定朝和那些广东惠阳、东莞、宝安地区的客家人在近代中国日渐沉沦、丧权屈辱的时代背景下，承沿客家先民不停迁徙的历史传统和足迹，漂洋过海，历尽艰辛，远赴美洲开基创业的奋斗历程，客观真实地反映出中国客家人那种“特立卓行”的气概和秉性。

“我是谁？我从哪里来？”

2012 年 7 月，罗敏军的堂侄罗耀雄受侨居加拿大的堂哥罗金生委托，转告罗敏军父亲一个信息：一位美籍牙买加裔女士正在努力寻找他，因为她坚信自己拥有的四分之一中国血统来自她的外祖父，亦是罗敏军的祖父罗定朝。多年来，故里寻根、血亲团聚一直是她的母亲内尔·薇拉·罗·威廉姆斯（中文名字罗碧珊）

的梦想。

经过不断打探寻找，有关罗定朝的祖籍地圈定在广东省深圳市观澜镇牛湖村和龙岗镇罗瑞合村。其间，葆拉巧遇加拿大多伦多客家研究会创始人之一罗金生，并从他口中得知，他的祖辈也来自广东惠阳龙岗罗瑞合村。兴奋不已的葆拉急切地希望罗金生能够帮助她查找外祖父在中国的后人的下落。不久，罗金生收到香港侄儿的回复邮件称：已找到了罗定朝的后人，并联系了他的儿子罗早舞。

罗敏军回忆称，突如其来的消息让他的父亲感到既兴奋又疑惑。据罗早舞所知，父亲早年旅居牙买加经商创业时，的确用过塞缪尔·罗这个英文名字，在与母亲正式结婚前，曾与一名牙买加当地女子生活过一段时间，并育有一子一女，女儿名叫阿黛莎（中文名字罗碧珊），儿子名叫吉尔伯特（中文名字罗早泉）。罗敏军感慨说："以家族为中心，视血缘区别亲疏，是中国传统的核心价值体现，也是客家人的重要信仰。如果这一切都是真的，算一算血亲离散 92 年后，竟能重新得到他们的消息，全体家族成员都打心眼儿里感到高兴。”

2012年8月14日至15日，葆拉在好友马西娅·海恩斯的陪同下，专程从美国来到中国深圳，寻找她失散近百年的客家外祖父后人。罗敏军至今清楚记得，2012年8月14日葆拉与他家族亲人相认的情景。当时葆拉讲完她母亲罗碧珊的故事，又谈到了她外祖父三兄弟的名字，罗敏军父亲的兄弟姐妹的名字和出生日期，外祖父母再次携带子女回国的日期和船号，以及致使外祖父圣安斯贝商店蒙受灾难的那场大火……“她谈及的人物那样清晰，时间那样准确，地点那样具体，事件又是那样详尽，父亲他们开始相信，葆拉女士的母亲可能就是祖父失散多年的女儿。”罗敏军告诉记者，而当葆拉拿出她母亲年轻时的照片后，父亲和姑姑心中的最后一丝疑问随之烟消云散。

在亲人的拥抱里，在浓浓的亲情中，罗敏军的表姐葆拉终于找到了困惑她们母女多年的问题——“我是谁？我从哪里来？”的答案。葆拉打开话匣子，兴致勃勃地给他父亲讲述了祖父在牙买加经商创业的故事，以及罗碧珊的家庭情况。此外，葆拉还向众人介绍，大家可以在“ancestry.com”网站，即她的家谱网页中，找到更多关于祖父罗定朝的历史档案资料，而罗敏军的父亲也向她逐一介绍国内亲人们的家庭状况。

从香港出发到牙买加“砍甘蔗”

罗氏家族的传奇故事起源于罗敏军的祖父罗定朝。

19世纪中叶开始，成千上万名中国劳工从广东出发，在香港搭乘轮船前往加勒比海的岛国牙买加，罗定朝也是其中一员。1905年，他开始在南美的甘蔗种植园里“砍甘蔗”，后在辛苦筹办的中国商铺结缘了牙买加女子艾伯莎——葆拉的外祖母，并孕育了他们的女儿罗碧珊。1920年，罗定朝因为他的中国未婚妻来到了牙买加，便和艾伯莎断了关系，当他希望抚养与葆拉外祖母孕育的3岁女儿罗碧珊时，艾伯莎决意带着孩子永远离开罗定朝，随后却又将罗碧珊留给了自己的母亲抚养。罗碧珊在孤独沉默的环境下长大成人。1933年，15岁的罗碧珊带着对父爱的渴望来到圣安斯贝寻找父亲，却只见到父亲的兄弟。叔伯们告诉罗碧珊，罗定朝已经启程回中国了，不会再回来了。叔伯们将罗定朝留下的一副珍珠耳环送给她做礼物。后来罗碧珊在牙买加故乡认识了同为非婚生子的丈夫。1945年，罗碧珊以华裔身份移民美国，独自抚养三个孩子长大成人。

在葆拉的记忆里，母亲一生郁郁寡欢，2006年带着遗憾去世，终生都再没有见到自己的父亲。葆拉深刻记得母亲的悲伤——被迫离开家人的生命残缺感和孤寂感始终挥之不去。2008年，当她作为NBC的执行副总裁到访北京奥运会时，突然有一天似乎在北京的街头看到了母亲的面孔，似乎找到了属于她的生命基因。2012年，葆拉退休后，决意带着疑问，为母亲追寻外祖父的踪迹。

据了解，自从19世纪30年代英国废除奴隶制，解放了中南美洲土地上的非洲人，就开始雇用华人工作，很多华人告别留在国内的妻儿踏上异国他乡。而移民法让许多的家庭分离——有些永远无法团聚。因此很多劳工与牙买加当地妇女组成家庭。很多人在牙买加当地成为店主、纳税人，并且孕育了混血儿。对于这段历史，罗敏军解释说，19世纪初，非洲黑奴贸易被废除，西方殖民国家在美洲地区大力拓展的种植园、采矿和铁路运输业急需大量劳动力。广东台山和惠（阳）东（莞）宝（安）等沿海地区客家移民中的先驱者开始以“契约劳工”的身份漂洋过海到那里从事苦役。客家民谣中有一首《过番》，生动地描述了客家人早年漂洋过海的心境和惨况：“至嘱亲友莫过番，海浪抛起高过山。晕船如同天地转，舱底相似下阴间。”

在经历了这种“地狱之旅”后，罗敏军的祖父罗定朝到达牙买加首都金斯敦开始谋生。从最初在金斯敦的小商铺打工，到前往山区小镇摩可、圣安斯贝开店铺，罗定朝经历了无数艰辛，艰苦创业20余年，终于把小本生意发展到中等规模。直到20世纪30年代世界经济大萧条，牙买加经济受到重创，反华势力抬头，罗定朝才被迫带着妻儿回到中国。

黑色、棕色皮肤的罗氏后裔们

中华罗氏源远流长，已有3000年历史，历代都有名门望族。罗定朝所出生的罗氏家族是赫赫有名的鹤湖罗氏，祖屋鹤湖新居兴建于1782年，是先祖罗瑞凤经商致富后所建造，也就此成就了鹤湖罗氏在18世纪到19世纪的鼎盛发展。此后，历经时代变迁，加之战乱频繁，鹤湖新居尽管饱经风霜，但幸运地保存了下来，直到1996年，龙岗当地政府出资修建保护，辟其为客家民俗博物馆，面向公众开放。

当上百位罗氏血亲于2012年12月重新汇聚在鹤湖新居，古老的围屋又焕发了新的活力。18位与葆拉一样黑色或棕色皮肤的罗氏后裔回到了古老的祖屋，开始倾听先祖的故事。他们还拥有了自己的中国名字。他们按照传统的方式向列祖列宗叩拜，罗氏族人也把他们的名字写进了族谱。

“三年多前，海外血亲的寻根之旅对自己的影响巨大且深远。1967 年祖父在广州过身，他的孙辈，包括我在内，对祖辈们的历史一知半解，更没有想过求其甚解。然而，就在整理家族历史的两年间，我猛然察觉：虽然先祖的生命、经历已被时间和记忆的洪流淹没，但他们在生命过程中所体现的坚韧、乐观和超然，已化为一种宝贵的文化财富，一直温暖着子孙后人的体魄和灵魂，永生在罗氏家族的忆念中。血缘是根，文化是魂。”罗敏军强调，祖父罗定朝是他们这个家族的根。“没有他就没有我们，只有知道了他的故事，才能激励后辈弘扬祖德，崇名务实，奋发向上，有所作为。作为鹤湖罗氏和祖父定朝公的子孙后人，自当尽绵薄之力写作编撰《远渡加勒比：彼岸的祖父》一书，以此作为罗氏家族先辈迁徙、创业、发展的历史记载。寄望罗氏子孙能借此探寻血脉之根和文化之源，纾解人生征途中的茫然、困惑、失望和怅惘，找到继续前进的支点和寄托。”

对此，深圳市客家文化交流协会会长杨宏海也认为，客家文化中有一种重要文化传统就是崇文重教。崇文重教就是崇尚文治，重视教化；血缘是根，文化是魂，这样一种文化价值观，已深深地扎根于客家群体之中。

（2016 年 12 月 13 日）

刘铸伯：平湖昔日的荣光

夏和顺

百年前的纪勋劳学校、念妇贤医院、平湖火车站，改革开放之初刘氏后人开通的粤港直通船，凤凰山上待修的陵园……历经一个多世纪的风雨沧桑，刘铸伯给平湖留下了难以抹去的记忆碎片。深圳文化学者刘中国通过对大量史料的爬梳钩沉，对深圳、香港两地的实地考察和对相关人物的访谈，编撰成皇皇近百万言的《刘铸伯传》和《刘铸伯文集》，把这些记忆碎片拼接成完整丰满的人物形象。据此，曾经叱咤香江，在政、商、文化各界卓有成就，为家乡建设做出巨大贡献的刘铸伯出现在我们面前。刘铸伯不仅是平湖昔日的荣光，也是深圳今日的骄傲，诚如黄惠波先生在《刘铸伯文集》序言中所说："乡邦先贤令城市灵动丰美，文脉弘盛让城市厚重。吾辈当务，守护本原，守护真容，珍重弘扬。"

百年前的辉煌

1916年12月31日（丙辰年己亥初七），刘铸伯搀扶着77岁高龄的母亲伍氏，与自己的儿孙一道，乘坐广九铁路列车专程回到故里平湖，参加纪勋劳学校（全称宝安县平湖纪勋劳国民学校）和念妇贤医院的开幕典礼。

那一天，刘铸伯规划建设的平湖火车站人山人海，他发起捐建的平湖新墟冠盖如云，热闹空前。"省中政界大员，港中中西巨子，到会者济济有众。"广东省省长朱庆澜发表演讲，对刘铸伯赞誉有加："刘君铸伯，经商于香港数十年，洞悉中外情形，于我国文明力图进步，为当时开风气，为人类造幸福，生平于振兴商业外，如兴学校、设医院、救灾济贫等事，罔不惨淡经营，踊跃从事，其进取之勇敢，固令人惊叹，而爱国之热忱，尤人所难及。”

这一段盛况，是从1917年1月3日《香港华字日报》上得来的，该日报纸刊登了《平湖医院学校开幕纪事》一文，记载了当时到会的省中要员有朱庆澜、罗树森、胡清瑞、吴在民、魏邦屏等百余人，港中巨子则有罗士、何东等200余人，他们分别于当日下午返省、返港，而刘铸伯则于次日下午方返港。

刘铸伯与嘉道理首先在香港创办育才书社，1901年开始在香港、广州、上海共创办三所育才学校。1908年，他又在香港发起成立孔圣会，并陆续在广州、香山及香港等地创办数十所孔圣会义学，而平湖纪劬劳学校就是在孔圣会义学的基础上扩充而成的。《刘铸伯文集》中收录了刘铸伯致广东督军陆荣廷的信函，解释其创办此校的初衷：“窃以敝乡平湖村居僻壤，风气固塞，学务不兴，地复瘠贫，人多失学，处此生活程度日高之时代，以智识不开之贫民，夫何以自立？仆情关故里，言念之下，用是矜怜，爰解私囊，倡办小学堂一所，名曰‘纪劬劳学校’……”纪劬劳者，“念家慈抚养育之劳”，实为纪念其母伍氏；而创办“念妇贤医院”，“一则拯乡人之疾苦，一则念故室内助之贤”。

刘铸伯创办学校、医院，本意是服务故里，造福乡民，但令其始料不及的是，在其去世的第三年（1925），纪劬劳学校、念妇贤医院即沦为军营。

刘铸伯的成长史

据考证，平湖建墟始于明嘉靖元年（1522），平湖在清代属新安县，民国属宝安县，现为深圳市龙岗区平湖街道办事处。

刘铸伯本名鹤龄，字守真，号铸伯，祖籍在平湖墟元屋围。他的父亲刘朝瑞大约于19世纪60年代初赴香港经商，刘铸伯1867年出生于香港。父亲经营小本生意，只能勉强维持一家生计。刘铸伯7岁时入读西营盘冯富义学，接受传统的中式启蒙教育，苦学不辍，成绩名列前茅。不幸于他12岁时，父染时疫身亡，刘铸伯靠祖母梁氏节衣缩食、母亲伍氏缝缝补补，才得以维持学业，最终以当年首名成绩考入中央书院（今皇仁书院）。中央书院由近代英国著名汉学家、伦敦布道会传教士理雅各倡办，以英语教学，课程包括英文方法、中英互译、地理、历史、几何、代数、测量等。由于学业优秀，刘铸伯年年获得奖学金，免缴学费、膳食费、教材费等费用。

1885年，刘铸伯于中央书院毕业后，历任香港天文台译员、台湾淡水西学堂总教习兼洋务要员、屈臣氏大药房总买办等职。在清末西学东渐的时代大背景之下，在香港这方东西交融的历史舞台上，刘铸伯既受益于西学，又珍爱中华传统文化，成为中西方文化交流中一位桥梁式人物，“中西人士咸倚重之”。

20世纪初叶，步入中年的刘铸伯跻身香港华人领袖之列，先后出任东华医院总理、主席，华商公局及香港华商总会（今香港中华总商会）主席，广华医院倡建总理，香港政府定例局（立法局）议员、洁净局（市政局）议员、保良局局员。居此要职，刘铸伯为香港华人谋利益，关爱鳏寡妇幼弱势群体，团结华商与西商展开商战。他担任洁净局议员期间，“凡局例之不便者，必据理辩争；争之不获则奋髯抵几，未尝少屈，务得当乃已，故华侨之阴受其赐者，赜不胜举”。他担任定例局议员八年间，“为华侨谋者，益复奋厉，遇事靡所阿附，岸然以风骨自见，一如其在清净局时”，“在局同人，皆仰之如泰山北斗”。

兴建平湖火车站

刘铸伯虽然生于香港，但对故里平湖念念不忘。前文所述创办纪勋劳学校与念妇贤医院，开宝安教育医疗事业之新篇，已极一时之盛，而在此前，他已有兴建平湖火车站的惊天义举。

修筑九龙至广州的铁路，是英国人的提议，其目的是方便英方货物及人员往来。早在1899年3月28日，即新界界址划定后的第九天，英方便迫使清廷督办铁路大臣盛宣怀与由怡和洋行和汇丰银行合组的中英公司签订《广九铁路草签合同》，计划修筑铁路121英里，以罗湖桥为界分为英、华两段，分别由两方政府负责筹资修建。虽然清政府老大不情愿，被迫签订了合同，但华人有识之士认识到这是一次发展经济、造福于民的难得机遇，刘铸伯就是其中的典型代表。

广九铁路于1907年7月动工，1911年8月建成通车。铁路由早年以幼童身份留美最终毕业于耶鲁大学的著名华人建筑工程师詹天佑为顾问，石龙至罗湖段的测量、绘图与建筑由同样毕业于耶鲁大学、出生于深圳布吉的凌善芳负责。据悉，广九铁路的最初设计路线远离平湖，是刘铸伯力排众议，据理力争，使该铁路修改路线，在平湖设站，而平湖火车站也是由他出资修建的。

刘铸伯此举在当时无疑存在极大风险。广九铁路宝安段共设有五个车站——平湖、李朗、布吉、深圳墟、深圳。凌善芳在家乡建设布吉火车站差点就出了问题，他的侄儿凌道扬在《片断回忆》一文中说："我清楚记得，芳叔在我的家乡布吉村准备建筑火车站的时候，所遭受的艰苦，甚至几乎被人暗算，当时那里的村民，是最迷信和最激动的，他们认为火车站的建造，会破坏整个乡村的风水。"

平湖火车站建成后，刘铸伯以之为依托在附近建造了大规模的新墟镇。他亲任平湖新墟设计师，设上下六条街，成"田"字格局，其中守真街向北延伸 1 公里，至青奇坑刘家花园"守真园"。一个世纪以后的今天，平湖新墟仍然存在基干部分，仍然可见当年风貌，也仍然发挥着商业物流作用。

近代思想史上的"失踪者"

建成于 1912 年的香港大学结束了开埠 70 年没有大学的历史，在香港文化建设上具有里程碑的意义。香港总督卢押倡议创办香港大学之初，本欲只设医科和工科，但为了得到华人捐款支持，港英政府改变初衷，决定兼办文科和理科，“文科则兼包万国公法、各国条约、地理、万国历史、中国古今文学等有用之学，皆为学优而仕者之所必需。中国文字一门尤不可少”。刘铸伯为创建香港大学募捐70万元，一直担任香港大学校董会董事、香港大学校务委员会委员等职务。

刘铸伯不仅是一位普通意义上的买办或商业巨子，还是一位具有远见卓识的思想家，著有《自治须知》《社会主义平议》等著作，而他在思想史上的地位主要是由《社会主义平议》一书奠定的。刘铸伯与谭汝俭合著的《社会主义平议》是较早出现的一部抨击无政府主义的著述，谭汝俭在序言中称“民国初年社会主义流入广州”，指1912年5月中国无政府主义代表性人物刘师复（1884—1915）在广州组织“晦鸣学社”（晦鸣学舍）。该社“是为中国内地传播无政府主义之第一团体”，其宗旨有八项：“共产主义；反对军国主义；工团主义；反对宗教主义；反对家族主义；素食主义；语言统一；万国大同。”晦鸣学舍印刷了大量的无政府主义宣传品。

《社会主义平议》出版于1919年，其中所谓“社会主义”实际上即指刘师复的无政府主义，但这部对研究近代思想传播史极具文献价值的著作从问世之初就没有受到应有的重视，岭南著名学者、文学评论家黄树森认为，“刘铸伯的《社会主义平议》得以重见天日，这也是深圳文化史、思想史、学术史研究领域的一项重大发现”，他把刘铸伯定位为“中国近代文化史、思想史上的‘失踪者’”。

1922年年初，因向资方提出增加工资的要求被拒绝，香港海员举行大罢工，纷纷返回广州。在历时56天后这次大罢工以胜利而告终。刘铸伯是此次罢工的调停者，他的初衷是维护中国海员利益，但却被双方误解，“众情不谅，疑谤交集”，于当年5月3日遽然病逝。

（2017年4月11日）

寻找光明记忆，打捞历史遗存

刘　娥

300多年的德淳书室、500多年的麦氏大宗祠、800多年的黄氏大宗祠，这些历史悠久的建筑都属于深圳光明新区；麦姓、陈姓、曾姓、梁姓、周姓、黄姓，这些姓氏的后人都在光明新区扎根繁衍，为这座城市留下深深的历史痕迹。然而，随着城市化进程的加快，这些古老的记忆，似乎就要被一栋栋高楼所覆盖。

近日，《寻找光明记忆——新城旧事》一书面世，将光明新区的公明、玉律、楼村、凤凰、圳美、白花等28个来源于传统村落的历史记忆一一呈现。该书项目组从2014年启动“寻找光明记忆”项目，走进社区旧村近百次，采访约200人次，深入田野调查，寻找着这方水土独有的风土人情，试图从本土的氏族源流、古旧的建筑、传统的习俗、特色的美食中，寻找专属于光明这座小城的记忆。作为《寻找光明记忆——新城旧事》的主编，深圳光明新区文化发展中心负责人陈瑛接受了记者的采访。

今日光明就像30年前之罗湖

在进入深圳光明新区文化发展中心之前，陈瑛供职于光明新区图书馆，正打算进一步丰富光明新区图书馆的区域特色文献资源。更早之前，她在湖南长沙做过城市记忆方面的工作。现在是研究馆员的她对光明新区独特的历史文化和地方特色产生了浓厚的兴趣。

深圳距离长沙并不远，但是“十里不同风，百里不同俗”。在深圳独有的“握手楼”中穿行，在已经没有农民的深圳看到村民的厂房和楼房，在本地人的宗祠看他们拜祭与讨论，在本地人的带领下去吃二濑粉和枕头粽，在碉楼里看那些曾经架起枪炮的小孔……每一样光明本地人习以为常的事情，都让刚来到光明的她感到新奇和意外。

“现在的光明就像30年前的罗湖和福田一样，伴随着深圳经济的快速发展，许多老建筑、老街巷、老传统在迅速消逝，城市记忆的传承与保护任重而道远。”虽然光明远在深圳与东莞接壤的地方，发展比福田、罗湖滞后很多，但是陈瑛也感到随着城市建设的发展，历史文化资源的发掘和保护的急迫性。

“如果不尽早收集这份记忆，那些原本生活在这里、世代生活在这里的‘土著’，就会被迅速冲散在新的城市里。而我们作为新移民，也难以找到城市的根。”陈瑛补充说，开展此项目的念头，是和所有深圳人一起共同记录，以不同的形式保存文化、留住城市记忆。

抱着留住城市记忆的初衷，2014年年中，由光明新区公共事业局主办的“寻找光明记忆”项目开始正式运作。项目组以光明辖区范围内的社区为寻访主线，以各个村子为重点，对老村落、老农场中的老建筑、老祠堂、老人、文物、非物质文化遗产等进行寻访，搜集整理光明新区辖区范围内的地方文献、口述历史、风土人情、民俗美食等与历史文化相关的内容。

光明有一段生动的移民史

项目组寻访内容分为四大类别，包括寻访光明新区内原有村落，记载村落的主要范围、老祠堂、老街巷、老建筑、古墓等各种古旧建筑及牌坊、村委会等有代表性的建筑、人物与历史事件；寻访地方文献和特色文献，包括对地方志、家谱、老照片、旧书报、非正式出版物的寻访、收集与整理；寻访地方民俗，包括节庆、婚丧风俗、民间传说、传统美食、非物质文化遗产的寻访与整理；寻访老农场，包括光明农场的建设发展历程、特色建筑、生产场景、风景、物产，以侨民生产、生活与风俗习惯为代表的侨乡文化和以知青下乡为代表的知青文化等。

在走村串巷的寻访中，项目组成员们真实地感受着这座小城的历史深度和温度。他们发现，光明新区有着一段鲜明生动的移民史。它是姓氏文化极为显要的南方所在地，聚集着麦姓、陈姓、曾姓、梁姓、周姓、黄姓等姓氏的后人，而这也是要了解光明新区记忆和历史的最快捷有效的方法。

令陈瑛感到意外的是，中原地区罕见的麦姓是这里的第一大姓，而麦家宗祠已拥有500多年历史。该宗祠位于光明新区合水口立村，始建于明弘治年间（1488—1505），占地面积超过1100平方米，建筑面积938平方米，是深圳市目前发现的建筑年代较早、规模较大的祠堂建筑之一，为新区麦氏家族最大聚居之地，也是合水口、薯田埔、马山头、根竹园、碧眼、白芋沥等六村的宗祠。每年重阳节后的第一个星期天，这六村的麦氏宗亲都会相约前往古墓群举行祭祖仪式，场面鼎盛。

项目组发现，黄氏大宗祠也是深圳地区较古老的宗祠之一，占地面积近200平方米，按广府宗祠风格建造，始建于元代末年，是迳口的标志性建筑。它是黄氏家族在光明开山种地、繁衍生息的历史见证。它还曾是东江纵队麦敬堂的团部驻地，见证了轰轰烈烈的革命斗争。然而令人遗憾的是，历经800年风雨和战火洗礼的黄氏大宗祠因为尚无有效书面材料证实其历史，还无法被评为重点文物保护单位。

除了以上宗祠，项目组还走访了一批具有重要历史文化价值的古老建筑。1929年在合水口村和上村交界处修建而后改名的“公明墟”，是条有店铺150余间、长约300米的老式街道，商铺建筑为清朝和民国初期岭南传统风格的骑楼式，它的兴衰史反映了公明乃至宝安地区的经济发展史。而历经360余年沧桑的曾公祠中保存完好的雕梁画栋让人惊叹古人的建筑智慧。在拥有300年历史的白花洞村，每一棵老树、每一口枯井、每一块砖石仿佛都在讲述古老的传说。而白花碉楼融合了欧式建筑风格，并与具有岭南风格的青砖土墙农舍交合，格外令人难忘。同样拥有百年历史的德淳书院、芝兰书院则书香四溢，前者在革命时期还是红军的秘密基地，“如今它门庭冷落，维护书院的老先生希望能给书室挂上‘文物保护单位’的牌子”。

“打捞行动”吸引市民参与

在陈瑛看来，光明新区的村落，以及由村落演变而来的社区，是重要的历史文化载体。所以到村落去寻根，是项目组最经常举行的活动。在寻访活动中，项目组用足迹串联了光明新区大大小小的村落和社区。

关于玉律，陈瑛介绍，村里原本的居民以曾姓为主，为曾子后人。玉律社区曾氏祠堂为“德贵曾公祠”，是新桥曾氏曾仕贵的第十四代富曾公（号德贵）的分支，到现在已经传至三十多代了。而玉律温泉是大自然对村民的馈赠，数百年来流淌不息。

碧眼旧村的名字很有意思。相传在碧眼旧村的后山上，原来有一眼清泉自石中涌出，潭水如眼睛一般清澈透明，故名碧眼村。迳口则坐落在新区的最东边，大顶岭山脚下。据黄氏族谱记载，黄氏族人祖籍福建，自元代后期从福建迁入光明迳口，在当地开荒种田，开枝散叶。

据史料记载，楼村的陈姓与公明上村、公明下村、西田以及圳美的陈氏一脉相承。约600年前，水贝村（今公明下村）陈氏族人发现在西北方向，即屏障山东南、茅洲河上游以北有一片空地，平坦开阔，后陈公从水贝村迁出到此地居住。陈瑛介绍，楼村地理位置得天独厚，历史上既是新安、东莞、南澳的咽喉，也是三地经贸必经之路，因而楼村麻石巷远近闻名，大半个世纪前，老街商贾云集，热闹非凡。在深圳全面城市化之前，楼村是深圳最大的自然村。此外，公明、玉律、楼村、凤凰、圳美、白花等由自然村落演变成的社区，至今仍有着鲜活的生活气息。

村落寻访活动每两个星期开展一次，至今，项目组已开展寻访活动近百次。“这都是项目组一次一次走出来的。我们可以很有底气地说，我们走遍了光明新区所有的村落和社区。”陈瑛告诉记者。

值得注意的是，随着城镇化建设的深入，一些历史文化遗产有可能将要消逝。陈瑛说，这场“寻找光明记忆”的活动更像是历史的打捞，打捞消逝的事物和传说。所幸的是，这场城市记忆的打捞行动得到了越来越多市民的参与。她介绍：“开始是三四个人走，后来是一大群人走；开始是光明新区的人走，后来是文化界的人走；再后来媒体参与进来，群众参与进来，这个队伍越来越庞大。”

（2018 年 1 月 9 日）

中英街往事

夏和顺

中英街，这条位于沙头角镇（今深圳盐田区）的小街，仅有250米长，三四米宽，却浓缩了中国百年来的荣辱变迁。

深圳历史学者孙霄在他的新著《中英街往事：特区中的“特区”》出版之际，接受了记者的专访。

孙霄说，世界上曾有四条分隔线，德国的柏林墙、朝鲜的三八线、越南的贤良桥和中国的中英街，唯独中英街，经过100多年的变迁和发展，已从单纯的军事分割线转化成为中国改革开放的窗口。这就是中英街的意义，也应该是我们解读中英街的视角。

《中英街往事：特区中的“特区”》是在2008年版《中英街的形成与变迁》的基础上修订增补而成的，不仅是对中英街历史的回顾，也是作者对创办中英街博物馆经过的回忆与感慨。让我们跟着孙霄和这本书，一起重温小街沧桑，体验客家风情，聆听渔歌唱晚，回忆“购物天堂”，感悟家国情怀。

沙头角与东和墟

在英国人强占香港岛之前，沙头角是广州府新安县六都辖下的一个乡，位于梧桐山下、大鹏湾畔，这里有一个天然渔港，附近共有56个村庄。沙头角地区主要分布着广府、客家、福佬三大民系和水上人家疍家居民，在大鹏湾形成了一个多民系、多风俗的聚集区。据传新安县有一官吏清晨来此视察，目睹日月同辉的壮丽景观，脱口吟出“日出沙头，月悬海角”的诗句，沙头角地名遂由此而来。

沙头角原无墟市，乡民们需要翻山越岭赶往深圳墟交易，山路崎岖，交通不便。大约在清道光十年（1830），当地乡绅倡议在沙头角建立墟市，为此各乡村成立了10个墟市联盟，称为“十约”，它是伴随着人口数量的逐步增加和村庄的形成而建立的乡村联盟组织。香港北区区议会出版的《北区风物志》记载：“沙头角‘十约’成立于‘东和墟’开墟之时。”而研究者认为东和墟兴建的时间在1820年到1830年之间。墟市建立和“十约”形成几乎是在同一时间。

孙霄介绍，清康熙、嘉庆《新安县志》均未录入“沙头角”及“东和墟”，幸运的是，在该地传教的瑞士巴色差会传教士韦永福牧师撰写了《1853年之东和墟》一文，文中描述：“东和是一个重要的墟市，人们主要在那儿从事贸易。这是一个新建的墟市，并且生意繁荣……”

大约从1853年开始，东和墟的店铺就开始向横头街一带转移，到1925年，大部分店铺已经转移至横头街，还有个别店铺转移到新界沙头角的菜园角。横头街靠近后来的中英街，店铺的转移其实就是镇内经济中心的移动，在20世纪二三十年代曾一度促进了中英街的兴旺和发展。

中英勘界与界碑

东和墟设立未久，1840年，中英鸦片战争爆发，次年1月25日，英国军队从香港岛登陆并宣布占领该岛。1842年8月29日，在“皋华丽”号旗舰上，英国与清政府代表签订了《南京条约》，割占香港岛。1860年，英国以《北京条约》割占了九龙半岛。中英街则是1898年中英签订《展拓香港界址专条》的产物。根据《展拓香港界址专条》，英国从中国租借975.1平方公里土地，比原来香港行政区陆地面积扩大11倍，水域则较前扩大40倍到50倍。这些被英国租借的土地，后来被称为“新界”。虽然名为“租借”，但后来租金问题并未落实。港英代表、辅政司骆克甚至在报告中建议“应将深圳包括在租借地内”。

1899 年 3 月 16 日，根据《展拓香港界址专条》，中英两国勘界代表，即广东补用道王存善和香港辅政司骆克来到沙头角勘界，这次勘界被称为陆地勘界，于 3 月 18 日结束。现存一张关于中英沙头角勘界最具历史价值的经典照片，就是当时拍摄的，地点在中英街一号界碑处，画面中有骆克和王存善等人。骆克手扶界桩，趾高气扬，仿佛已是这块土地的主人。王存善则低垂着脑袋，似乎在沉思，担心自己会和李鸿章一样变成历史的罪人。而围观的当地百姓脸上显出的是无奈甚至麻木。从照片可以看出，当时所置为木质界桩，上书“大清国新安县界”字样。

孙霄介绍，目前保存在中英街的界碑共有八块，均为些石质，有中英文字阴刻于界碑两侧，英文字朝向香港，中文字朝向深圳，内容为“光绪二十四年，中英地界，第 × 号”。其中一号到二号为 1905 年所竖，三号到八号为 1948 年重竖。

2010 年，人们在深圳西涌大鹿湾黑岩角山谷下的沙滩上发现了一块界碑，碑上三面刻有文字，两面为英文，一面为中文，内容为“此界碑安放在美士湾之东岸地嘴”等，时间为1902年，美士湾是英国人对大鹏湾的称呼。孙霄告诉记者，新界勘界分为陆地与海域两次，1902年，英国海军单方采取行动，由少校力奇率领军舰“荆棘”号，选择三个地点竖立海域界碑。其中东面的界碑竖立在大鹿湾新界边界，而在香港大屿山则有两块，分别被称为“屿南界碑”和“屿北界碑”。孙霄说，此事当时并未知会中方，更没有中方官员参加。

中英街的形成

孙霄对中英街的百年历史感触尤深。他说，谁也没有料到，在勘划的沙头角陆地边境上，后来竟形成了一条由中英两国分治长达百年之久的“中英街”。

中英街是居住在英界一侧的华人最早叫起来的，意思是中国人居住在被英国管辖的街道。但当时华界不承认此名，他们把小街华界一侧叫“中兴街”，有“期待中国兴旺”的含意。那时，邮差送信，华界居民的信件被送到“中兴街”，英界居民的信件被送到“中英街”。这种“一街两名”的状况长期保持，是与“一街两国分治”相适应的——港英政府管辖“中英街”，而中国政府管辖“中兴街”。

中英竖立的第一根界桩位于今天沙栏吓村东南方靠海处。界桩沿线原是墟市边的一条小河，后因河水改道而成为荒坝水潭，河床逐日被人们填埋，形成一条小路，称为鸬鹚径，两旁或成为菜地，或建上小屋。这条河从鸿福桥桥头约 30 米处拐弯，流经新界店铺及一些房基之下，再到海山酒楼处拐弯，从沙栏吓村西侧的河道流入大海。

中英勘界后，鸬鹚径不再被认为是偏僻的地方，两边乡民往来逐日频繁，英界居民或来华界挑水，或参加农历三月廿三日天后宝诞庆典。虽然家住界碑两侧，但他们仍是同根、同源的乡亲。

大约在 1918 年，有人在六号界碑附近的菜地上盖了几间房屋，随后又有人在旁边造房开铺。1920 年，五号界碑附近东源泰杂货、东和隆米店和另一间药店同时开张。1920—1935 年，有人在这里建造了船厂、住家和杂货批发店。船厂迁走后，一间小食店开了张，它是海山酒楼的前身。1930 年，从四号界碑旁的榕树开始至五号界碑处，新界禾坑村人李新昶建了一排两层高的骑楼，骑楼具有南洋建筑风格。此后，店面越来越多，中英街也日趋繁华。

1951 年，粤港双方几乎同时把深港沿线设为“边防禁区”，中英街作为边防禁区的管理从此开始。

跟中英街结缘

孙霄与中英街结缘，源于他的博物馆情结。孙霄早年曾在陕西西安半坡博物馆工作，他 1985 年入读中国人民大学文博班，受到正规的历史及博物馆学训练。他心中一直有一个梦想，就是利用自己所学的专业知识设计一所博物馆。他的这个梦想最终在中英街实现了。

1990 年，孙霄从西安半坡博物馆调至深圳市文委

（文体局前身）工作。1992年，孙霄第一次去中英街，因为那里有一家电影院和一家新华书店由他所在单位对口管理。1995年，孙霄再次去中英街，那时他调到了市文管办。那一年，沙头角镇投资30万元建了中英街历史纪念馆，向公众免费开放，还有一个讲解员。纪念馆很简陋，就是利用了沙头角文化站办公室腾出的三间房，举办简单的图片展览，并邀请有关博物馆专家前往指导。中英街游客如潮，他们对这个简单的展览很感兴趣，充满热情。

中英街历史纪念馆三年间接待了11万观众，沙头角镇领导觉得有必要建设一个更大更完备的博物馆。这项工作是由当时刚刚成立的盐田区政府完成的。1998年3月30日，盐田区挂牌。7月中旬，孙霄随深圳市文管办主任黄中和去盐田区调研，黄主任向盐田区文化局领导介绍并推荐了孙霄。不久，孙霄从深圳市文管办借调到盐田区文化局，负责中英街历史博物馆筹备工作。

1999年5月1日，中英街历史博物馆正式开馆，整个筹备工作不到一年时间。孙霄记得很清楚，那天正好遇上台风，但开馆仪式并未受到影响。参加开馆仪式的省、市领导认为，中英街历史博物馆是南粤大地文博领域中的一颗璀璨明珠，盐田区投资建设中英街历史博物馆标志着该区精神文明建设迈上一个新台阶。

（2017年7月4日）

深港边界的望乡故事

廖虹雷

深圳边境河上有个“长岭耕作口”，是当地村民因要来往香港新界“飞地”耕种而在界河上设的七个陆路通道之一。耕作口北边是罗湖区莲塘街道长岭村，南边是新界沙头角与打鼓岭之间的莲麻坑村。

长岭村与莲麻坑村世代相邻，隔河相望。用一句很文艺的话说：这边耙田那边挑秧，那边割禾这边晒粮；这村鸡鸣那村天亮，长岭炒菜莲麻坑香……

一河两岸盆菜香

深圳河两岸的围村原住居民历来有春节、元宵聚族团拜吃盆菜的习俗。2017 年春节期间，笔者应邀参加了长岭村和莲麻坑村新春联欢盆菜宴。

长岭村地处罗湖至沙头角的罗沙路上。过小年那天下午，老远就听到锣鼓声和欢腾的音乐声；走近一看，彩旗飘扬，100 多席盆菜桌椅面对“同心共筑美好家园——长岭村迎春晚会”舞台依次排列，1000 多位村民和嘉宾喜气洋洋地参加一年一度的乡村盛会。

莲麻坑村坐落在长岭村的南面，仅一步之遥，但是被深圳河两边的铁丝网隔开。大年初九，我们参加“莲麻坑村春节联欢”盆菜宴，非得从罗湖口岸入境，乘广九火车抵上水站，然后坐莲麻坑村派出的大巴车进村。在平时，进入莲麻坑村要办“禁区纸”。这次一年一度的村民年俗活动，就由村公所统一将嘉宾的名单和证件拿去新界相关部门办理，以领取“白卡”（香港禁区证），验证方能放行。本来从长岭村跨过深圳河只需20来分钟，现在绕道新界上水、文锦渡路、莲麻坑路，要两个多小时才到达四面环山的一个山谷—— 莲麻坑村。

莲麻坑村村民保留客家人重视风水的习俗，遵循祖先定下的许多保护山林的乡规民约，加上香港政府实施边境禁区政策，老村几乎毫无发展，仍是原生态村落，时光好像停留在半个世纪前。由于村里人大多到香港市区、深圳，甚至国外打工谋生，据说偌大一个村子如今只住100来人。

然而，这次盆菜宴一下子吸引来了2000多名乡亲和嘉宾参加，一面面彩旗装点着山村，拜年的麒麟从村头舞至村尾，锣鼓震天，家家贴春联、挂灯笼，一片红艳艳，莲麻坑村顿时人气满满。

深港两地盆菜宴的菜式与仪式一样。一层层从下往上叠加的萝卜角、炸猪皮、焖腐竹、红烧肉、炸鳗鳝、炸鲜蚝、白斩鸡、烧鹅鸭、白灼虾等，都是一样的味道。一样的还有这两个古老村落的乡间风情和悠久的同宗同胞的人文历史。

两村叶姓同祖宗

清康熙《新安县志》载有“莲麻坑村”，也就是说莲麻坑村已有300多年历史。该村居住着叶、冼、刘、张、曾、官等家族，其中叶姓是大姓。据《沙头角莲麻坑叶氏族谱》载，叶氏始祖沈诸梁，是春秋末期楚国的政治家、军事家。沈诸梁被封地河南叶县，遂以地为姓。宋末一支族人南迁梅州，叶梅实为入粤九世祖，后和兄弟叶梅明、叶梅友从梅州迁出，叶梅明卜居惠阳淡水，叶梅友定居海丰，叶梅实迁至陆丰（今陆河县）螺溪创基业。

叶梅实后裔、叶氏入粤十九世祖叶思发到东莞清溪教书，居于观澜松园厦，娶妻邱氏，生二子叶达波、叶达滨。

清康熙四十九年（1710），二十世祖叶达波兄弟俩先后从松元厦迁居新安莲麻坑买田建宅。如今叶氏宗祠二进神厅供奉莲麻坑始祖思发公，开基祖达波公、达滨公。故神厅两侧楹联为："由陆至安二百余载春祀秋尝不忘螺溪木本，自思迄荣十三传孙承先启后犹存楚县家声。"联中"陆"指陆丰，"安"即新安；"自思迄荣十三传"，是指叶氏从"叶思发"始，按辈分排列"思达廷开应，昌成定吉祥，茂兰荣……"十三代。几百年来，叶姓枝繁叶茂，村里其余各姓陆续外迁，目前除刘姓一户人外，村中居民绝大多数是叶姓族人，因而村中大小事务的决策均以叶姓为首。

清道光时期，莲麻坑为广东道广州府新安县第六都官富司属莲麻乡，范围包括围心、沙吓、新屋、水芋田、对面、担水沥、新桂田和塘肚山等近10个村子，是沙头角"十约"中独立一约。同治年间，由于村内人口逐渐增加，莲麻坑村村民不断在本村开垦土地，还伸展到深圳河北岸建立了长岭村和径肚村（刘氏建村）。

香港学者阮志在研究莲麻坑村的著作中记述：莲麻坑可耕作土地大部分原分布在深圳长岭村（庵泥坑）、径肚村至伯公坳一段，有1000亩，其中水田约400亩，山坡地约600亩。莲麻坑村村民到长岭村耕作步行大约要半小时，因此，清同治年间（1862—1874），村民叶昌颖和其子叶成永（亦为清朝武秀才）及从美国回来的华侨叶成翘，在长岭村建起临时耕作房，用以休息、储藏用品及生产材料等。后来，建屋渐多，长岭村叶氏成为莲麻坑村的分支。

于是，莲麻坑村与长岭村叶氏同出一祖宗，同饮一河水，同耕一块田，同说一方言（客家话），同祀一祖祠，同样信仰关公、观音、土地公，祈求各方神灵和祖先保佑风调雨顺、五谷丰登、六畜兴旺、村宅太平。长期以来，凡清明、重阳春秋两祭，春节、元宵团圆饭，两村互相参加。所以，丁酉年（2017）春节，莲麻坑村村主任带领村民代表到长岭村欢聚；长岭村干部一行（包括莲塘股份公司刘董事长）前往莲麻坑村春节联欢宴会上祝贺。

村民“跨境”种庄稼

英国强迫清政府签订《展拓香港界址专条》和《香

港英新租界合同》，使深圳河成为中英管辖的分界线，河两岸的土地和村庄也被一分为二。但当时两广总督谭钟麟暨广东巡抚鹿传霖布告及香港总督卜力布告均显示，“仍准两国人民往来”。实际上，从1899年沙头角勘界一直到中华人民共和国成立前夕，深港边界从未设任何哨卡。深圳河边境村民往来自由，无论是垦荒种地、下海捕鱼，还是探亲访友、赶墟买卖，两地联系从未间断。

1949年6月起港英政府在新界边界地区实行夜禁。1951年5月25日，夜禁区域扩大。同年6月15日，又颁布《边界封锁区命令》，宣布在新界边界地区实行封锁，进入或逗留在封锁区内者，必须持有港英政府发给的“派司”（通行证）。从1949年至今，莲麻坑村一直在禁区范围内。

为加强边防管理，1951年2月15日，广东省公安部门宣布实行边境管理，往来旅客须凭公安机关签发的《出入境通行证》通行。据统计，1954年深圳河以北的宝安县（今深圳市）的15个自然村在香港新界拥有土地 4006.99 亩；香港新界 12 个自然村在宝安拥有土地 489.39 亩。1977 年，宝安县在香港新界土地种植水稻 448 亩、蔬菜 245 亩、鱼塘 320 亩。（刘蜀永、苏万兴主编《莲麻坑村志》，中华书局出版）双方村民凭证经“耕作口”去耕种。

长岭村古称“长命村”，通过一座叫“长命桥”的桥与莲麻坑村连接。这座桥清代时为石桥，有两个桥墩，桥面用三条麻石并排铺成，是莲麻坑村村民到长岭村耕种和前往深圳墟的必经之路。1978 年，港英政府在莲麻坑路沿河多加了一重铁丝网，俗称“第二防线”，长命桥上双方建有闸口，分别有“嚤啰差”（雇佣军，后为警察）和边防军守卫。

1978 年，内地实施改革开放，过境耕作的村民迅速增加，村民从香港携带的副食品、日用品也越来越多。狭窄的石桥不敷应用。其时，长岭村及莲塘大队的干部希望拓宽长命桥让汽车通过，加速莲塘的发展。最后，长岭村和莲麻坑村村民双方出资出力，仅用 3 个月时间，在当年 5 月修成长 7.6 米、宽 4 米的水泥桥。

长命桥上会亲人

莲麻坑村和长岭村的人文历史很丰富。村中历史人物中，最引人注目的是香港新界的叶定仕。他是辛亥革命元老，早年追随孙中山先生从事革命活动，曾担任中国同盟会暹罗（泰国）分会会长。

叶定仕的孙女叶凌在莲麻坑村的祖屋（1908 年仿翠亨村孙中山故居建成，香港二级历史建筑）向笔者介绍，她爷爷叶定仕原名天发，号广新，1879 年出生在莲麻坑村一个贫苦的客籍农民家庭。1895 年，16 岁的叶定仕被“卖猪仔”，到了暹罗曼谷做裁缝。他凭着勤劳、聪慧、流利的泰语及出色的交际能力，得到暹罗王室一位公主青睐，于 1905 年与公主结婚，之后结识了暹罗许多达官商贾，承包了暹罗陆军军服的生产。至 1910 年，叶定仕逐渐成为拥有一定财富和较高社会地位的侨领之一。

叶定仕经孙中山和胡汉民的介绍加入暹罗同盟会，于 1907 年至 1911 年担任了四年的暹罗同盟会会长和振兴书报社社长，同时也是孙中山主盟暹罗中华会馆的创始人之一。他和其他爱国华侨一样，积极捐助和筹款，全力支持孙中山发动推翻清政府的黄冈起义、广州起义、云南起义、武昌起义。他不顾暹罗政府的警告，为起义提供枪支、弹药、军服和药品，后被暹罗政府通缉、没收全部财产并驱逐出境。1936 年冬，叶定仕带着家人回到新界老家，因年老病弱，缺医少食，于 1943 年在莲麻坑村病逝。叶定仕生前获得过辛亥革命胜利的勋章及证书。泰国也拉府建府时，为纪念叶定仕做出的贡献，用其号将一条街道命名为“广新路”（GUANG CHAIN R.D.）。

叶定仕第一任夫人是暹罗王室公主，第二任夫人是深圳南岭村张氏，第三任夫人是深圳草埔梁氏。叶定仕的次子叶理山、三子叶瑞山在 20 世纪 40 年代分别参加东江纵队和粤赣湘边纵队，成为光荣的革命战士。叶瑞山和母亲梁氏还将莲麻坑村的祖屋作为游击队地下交通站，传递情报，服务部队。1946年，叶理山随东江纵队北撤烟台，后参加豫东战役、济南战役和淮海战役，1949年跟随第四野战军南下，获过三级解放勋章和独立功勋荣誉章。

1982年，叶理山在北京离休后叶落归根，却因莲麻坑村属香港新界回不去，只好回到原属莲麻坑村的深圳长岭村定居。叶理山是军人身份，既无法回莲麻坑村探亲，又没有过境耕作证件，如果要和新界那边的亲戚见面，就由堂嫂带话，与莲麻坑村亲人约定时间在长命桥南北端“会话”。后来，莲麻坑村亲戚凭证可以越过长命桥“界线”，到桥头中方边防检查站接待室短暂会面。

叶理山身在深圳河边的长岭村，常常思念着郁郁葱葱的山林后面的祖屋，还有父亲的坟茔墓碑，此时的叶理山成了真正的“望乡”。直到1997年香港回归后，叶理山才获准踏上离别50多年的家乡的山路……

（2017年3月7日）

深圳粤剧“火”，回首话当年

廖虹雷

粤剧姓粤，由粤语演唱，是我国著名的八大剧种之一。

深圳是个超大规模的移民城市，然而这座岭南城市使用粤语方言的人口却只占全市人口不到十分之一。自然有人联想到：深圳流行粤剧吗？

人们通常以为，最正宗的粤剧在广州，或是佛山。殊不知，许多深圳人不仅是粤剧迷，而且自古就有看粤剧的习惯，有时还会哼上一首半首。准确地说，是讲粤语的罗湖、福田、南头、蛇口、西乡、福永、沙井、松岗、公明、光明、平湖和大鹏地区的人喜爱粤剧。与这些村镇相近的客家地区，比如石岩、龙华、观澜、布吉、盐田、沙头角、横岗、龙岗等地的原住居民也会在粤剧团到此巡演时踊跃买票观看；重大节庆和醮诞祭祀活动时，也会像讲粤语的村镇一样，包两场粤剧开锣演唱欣赏。至于坪地、坪山、坑梓、葵冲等客家村落，因为以前对粤语“唔识听”（听不懂），所以较少看。20 世纪 60 年代粤剧演出有了幻灯字幕，这些客家人也能看了。当然，还是比不上中西片区的粤剧迷对剧中人物、情节和唱腔的熟悉，看传统剧目的时候，中西片区的粤剧迷会如痴如醉地和着锣鼓音乐，击拍吟唱。

由此可见，传统粤剧在深圳民间的根基不浅。

深圳音乐学者第一人

深圳人称粤剧为“大戏”。看大戏与听粤曲有所不同。粤曲是广东流行的南音、龙舟、木鱼、白榄、粤讴、咸水歌等民间曲调和器乐乐曲。粤剧则是在外省流入的戏曲中糅合粤曲和民间说唱，以梆黄、西皮声腔为主，兼唱高、昆牌子，配以乐器伴奏、戏台服饰、抽象形体表演而形成的地方剧种。有学者说，深圳粤剧历史不长，但是深圳粤曲（八音）年月不短。

据清康熙四十三年（1704）新安县邓家荫（今沙井万丰村）编修的《荥阳潘氏家谱序》载，福永潘氏四世祖潘礼敬生于元至正三年（1343），自幼颖悟过人，熟读万卷，尤通音律，常击节吟唱乐曲。九世祖潘楫生于明弘治十五年（1502），长于书香世家，毕生研究音乐，著书《律吕图说》行世。潘楫对粤曲研究的卓著成就泽被岭南，有"铎振珠涯"之誉。时中奉大夫广东等处承宣布政使司左布政使游应权为《律吕图说》作序，高度评价其"有真见，可以破千古不决之疑，可以索千古不传之绪"。参议大夫、前翰林院编修袁昌祚也为之作序，极为推崇。在岭南音乐的研究、传播和普及上，潘楫是深圳音乐学者第一人。

万丰村的粤剧文化圈

潘氏十九世祖潘耀扬生于清道光十四年（1834），16岁中武秀才，后为边疆重臣，官至两广提督。咸丰年间，得授三品游击将军。晚年丁忧归里，在邓家荫"将军第"（今万丰村仁爱路）之侧修建了一座专为唱戏用的"八音楼"，四时召请戏班前来赏大戏，听粤曲，怡身心。至今村中"将军第""将军井"及戏台犹存。

传统的戏曲唱本和音乐熏陶和教化了一代又一代万丰人，全村男女老幼酷爱粤曲。村中民间艺人和粤剧爱好者农忙务农，农闲从艺。万丰曲艺队于20世纪70年代末建立，于1993年转为万丰粤剧团，自编自演粤剧《大潮》《风雨茅洲河》、独幕粤剧《一件羊皮褂》等，并获国家"群星奖"等奖项。2004年万丰村被省文化厅命名为"广东省民间艺术（粤剧）之乡"。2007年"万丰村粤剧"被列入深圳市首批非物质文化遗产保护项目。万丰粤剧氛围浓郁，和周边村镇形成了一个粤剧文化圈。2010年，沙井、新桥、福永、松岗，甚至西乡、新安和公明等地的中小学开设粤剧课，由专业粤剧老师授课，陆续培养出数百名业余粤剧小演员，在市内外和香港等地演出。粤剧小演员彭志辉和黄书乐还获得第15届全国少儿戏曲“小梅花”大赛金奖。2016年，沙井多间小学被联合国教科文组织授予“粤剧中国保护中心推广基地”。沙井街道更着力打造岭南粤剧小镇。

第一个民营专业粤剧团

粤剧萌芽于明朝年间，成熟于清代中期，盛行于清末民初。广州梨园会馆（外地班）和佛山琼花会馆（本地班）是最早的粤剧行业组织。所以有佛山是广东粤剧的发源地一说。

清末民初，宝安人所看粤剧主要来自香港戏班，广州、佛山的戏班也常渡船来演出。由于历史上宝安与香港同属一县，因此，宝安本土的粤剧艺人潘有声、何湘子等都到香港搭班演出过。过去的戏班演戏，全由班主联系演出雇主，在村镇过年过节或观音、北帝、天后等神诞期间包场，《六国大封相》《八仙贺寿》《天姬送子》《薛丁山征西》《西河会妻》等"神功戏"常连演五天。以前戏倌演多了，每个戏戏路成套、程式娴熟，各色人物按情节和程式便可串戏，因此会四处流动，演完一个档期，又找另一戏班签约演出。

1949年前后，粤剧名角何湘子随香港剧团到宝安演出。不久，他到广州加入万方红粤剧团，该团于1953年领到了执照。1954年，何湘子当上万方红粤剧团团长。

1951年，除民间戏班以外，还组建了国有的广东省农村粤剧队。1953年粤剧队解散，主要演员留下，成立广东粤剧团；其他演员则组成"宝民""宝群"和"宝农"粤剧团。宝农粤剧团团长为伍超群，主要在宝安、惠阳、东莞一带演出。1956年，广东省粤剧团体实行与地方挂钩。"宝农"就挂钩博罗县，改名东乐粤剧团。其时经常到宝安演出的还有万方红粤剧团，宝安县领导觉得何湘子是南头沙河（今西丽街道）人，又是名演员，省城的团体正要挂钩各县，便希望他留在宝安。1956 年 6 月，万方红粤剧团正式挂钩宝安，成为宝安县第一个民营专业粤剧团。此间，主要上演《孙悟空三借芭蕉扇》《生死牌》，改编现代戏《清水湾》《向秀丽》等。

从“万方红”到深圳市粤剧团

1956 年后，宝安县从佛山专署划归惠阳公署管辖，万方红粤剧团经常深入边远地区演出，有“挨得穷万方红”赞誉，在 1958 年被评为惠阳专区“上游剧团”和广东省“红旗剧团”。万方红粤剧团由何湘子、梅兰香任正、副团长（何湘子曾当选县政协委员），主要演员有陈志超、梅雪艳、廖少文、朱子汉、胡芦、冯文成等。何湘子、梅兰香在当地很有名气，笔者小时候在乡下看粤剧，凡是何湘子出场票价都要加 5 分钱。别看只有 5 分钱，那时看一场戏要花 3 角钱（后座）至 5 角钱（前座），属高消费了。

1959 年 1 月，宝安县划回佛山专区管辖。1960 年 5 月佛山专区将“万方红”等 10 多个粤剧团重新调整，成立佛山专区粤剧院。11月，佛山粤剧院将第三分团下放宝安县，成立宝安青年粤剧团，霍锦全任团长，陈棉新任副团长，曾文炳任政治辅导员。该团演员年轻，阵容强大，在惠阳、东莞、宝安和佛山等地深受群众欢迎。笔者记得20世纪60年代初在石岩镇看陈志超和彭洁冰演出粤剧《刘三姐》，连看两场不够过瘾，还独自走了14公里路程，追着剧团到公明又连看两场。1965年6月，青年粤剧团改名宝安县粤剧团，1970年6月解散，大部分演员被下放农村，分配到砖厂、酒厂、糖厂、农机厂等企业劳动。

1975年年底，宝安县重新组建粤剧团，请分散到各单位工作的演职骨干红光光、朱丽莲、杜锦郎、张兆基等归队。1979年，宝安县粤剧团改名为深圳市粤剧团。1979年后，深圳市粤剧团多次到香港甚至出访新加坡、美国、加拿大等地演出，很受欢迎。1982年该团改编《风雪夜归人》，并于1984年赴京汇报演出，获得高度评价。

（2018年3月20日）

张黎明和她的老街

蒋荣耀

退休以后，张黎明在惠州山区一个水库边租下了水利站的老房子和25亩荔枝林。这样的山居岁月，已有七年。

回到深圳，张黎明很忙。看望久违的老友，查找文献资料，合计将历年的手稿等捐给新成立的深圳市方志馆……而这一回，还有一个重要任务：参加新书首发仪式。

大型非虚构图文丛书“我们深圳”首发的五本图书

中有张黎明的两本书:《血脉:烽火罗氏》和《她的老街:1979—1983》。

一

1979 年的她,脑子就如她身上那俗称"红卫装"的蓝布衣一样简单。

——《她的老街:1979—1983》第 24 页

张黎明在广州出生,幼年跟随父母在珠三角的佛山等城市生活,但她却是地道的深圳人。至今,她还记得幼年时跟随父母回坪山看奶奶的情形。

"火车到了罗湖车站,我们需要再坐汽车到坪山。然后,奶奶请的一个客家婶挑着担筐来接我们。我和弟弟就被放在大筐里,一头一个,一悠一悠赶路。很多记忆都模糊了,但我还记得经过一条水浅浅的河,可以清楚看见水底下鸡蛋般大小的石头。"

采访约在新成立的市方志馆。记者赶到的时候,张黎明的面前摆满了图书资料。回忆起幼年时的一幕幕,张黎明的表情颇为欣喜。

《她的老街：1979—1983》自然是从1979年写起。那一年，张黎明父亲离休回深圳居住，她也跟着父母来深圳工作。她在书中写道："她走出车站，还没站稳，几十个黑瘦精干光着上身的单车佬猛扑过来，抢劫般一把抓住了她的行李。"

1979年，宝安县被批准改建为深圳市。但新城市的主要交通工具还是单车。单车，曾是中国的时代象征。张黎明告诉记者一个没有在书中写出来的故事。她的弟弟在"文革"中成为一名知青，到了宝安县农村。"后来他告诉我，下放几年后，有了一辆单车，于是也加入到火车站广场的拉客队伍。这是真正的苦力活，有一回送一个客人去几十里外的坪山，拿了钱，马上躺倒在地上，因为一点力气也没有了。"

二

那阵儿，深圳市人少，只有墟日是当时最聚人气的时候。

——《她的老街：1979—1983》第49页

张黎明在深圳的第一份工作是在建材局上班，初在人民路工业局内，很快搬到和平路7号。

人民路离深圳墟很近，农历二、五、八日是常设的墟日。“四面八方的农家从朦朦胧胧的暗处涌出，有声有色地，并非润物细无声那种细腻缠绵，而是穿过小巷踏踏踏地汹涌而过，三个五个成群结队，浪潮一般急迫迫真切切地赶去了。”

张黎明的笔下，是她听到的、看到的、梦到的深圳老街。

老街给她丰富的满足感。可以用慢火烤，烤到边上有点焦黄的时候便很软很香，吃过还要“返寻味”的新鲜蚝，据说来自蛇口；如今深圳已绝迹的“猪油糕”，金黄金黄像一块琥珀，“它柔韧得像一个有气无力的小人儿，越咬越韧，越咬越香”。

还有那些已经消逝的记忆。比如今天已经不存在的“金三角”，是当年深圳戏院、工人文化宫和新安酒家之间的三角地带。这三幢建筑当年的影响力今人已难以想象。1961 年的大年初一，新安酒家正式开业，叶剑英元帅为开业庆典剪彩。前一天，叶剑英和广西刘三姐剧组的演员成为酒家第一批贵宾。

20 世纪 70 年代，新安酒家从早到晚座无虚席，多是香港客。这些人多是曾从内地偷渡到香港，因此不敢回乡，只能约亲戚在新安酒家见面。所以常常可见饮茶的客人拎着大旅行袋，里面是旧衣服、新鞋子，是电饭煲、电视机、录音机……

张黎明笔下的老街触动人的，还有很多我们不会认识、在书中也不曾出现名字的人。戴凉帽的大脚客家婆娘和讲围头话的本地人“各自嚷着不同的方言却互相明白透里，声量分贝极高，看似吵闹，实为毫无杀伤力的斗嘴”。脸蛋红扑扑的客家婆娘肆无忌惮地将赤脚搁在鸡笼上。卖蚝的女人则默默蹲在一角，“脸黑红透亮，皱纹不多，但每一道都如刀刻的深。这蚝取得不容易，一只只都是从那石头缝里长出的，潮退的时候砸下来，再一个个撬出蚝肉。这等鲜美的东西，寻它的人多。皇帝女儿不愁嫁，卖蚝女子从来不吆喝”。

三

不变，不搞好，我们死后埋在地下也会被挖出来！

——《她的老街：1979—1983》第 102 页

张黎明笔下也有有名有姓的平凡人，比如张黎明工作时的同事。

今天很少有人知道深圳市建材局。20 世纪 80 年代，深圳建市不久，就开始大规模的城市建设，建材局承担的任务格外重，有一件大事就是和澳大利亚签署合作经营乌石古采石场的协议。

1979 年，中央决定在深圳试办“出口特区”，其中一项重要任务就是大力引进外资，创办“三来一补”（来料加工、来样加工、来件装配和补偿贸易）企业和“三资”（合资、合作、独资）企业。乌石古采石场是与澳大利亚合作的项目，当时为项目牵线的是香港凯旋贸易公司。因为找的是广东省建材公司一起来商谈，所以深圳市政府将实际经营工作交给了市建材局。

投资 4644 万港元的乌石古采石场是深圳建市后第一家中外合作企业，也是当时中国最大最先进的采石场。

张黎明笔下的许志坚局长很少在办公室待着。

报到第一天，同事悄悄提醒她，一张纸正面写完写反面，就算废纸也要看看有没有空白的地方可打草稿。“不要拿信纸当手纸，局长知道要骂的，我不知道让他骂过多少遍了。”

张黎明见到的许志坚，随身带着药和苏打饼干，因为太劳累，这位东江纵队的老战士胃病时时发作。

当时主管建材的市委副书记曹喜芝，也经常出现在建材局。“他应该是北方人，头发花白，七沟八梁一脸皱纹，手指短粗，大头钢笔一握在他手中显得特小，小得好像一不留神就会溜到地上。”

张黎明记得，市委副书记的住处是市委附近的一排平房，每间房约 10 平方米，没有厕所和厨房。“他的房间陈设太简单了，一张床和一张半新的藤椅。房门外是长长的走廊。只有他的门外设有一个煤炉，烧着一壶水。”

若非亲历，谁人能信。

她还记得一次会议。开头照例有形势宣讲，还要由干部先念一段“我们都是来自五湖四海”的《毛主席语录》。然后许局长讲话。在讲了一堆数字以后，他说：“我们现在一穷二白，现在搞改革开放，要改变一穷二白，要让大家都过好日子，那时就没有人督卒（指偷渡）了，不变，不搞好，我们死后埋在地下也会被人挖出来！”

张黎明说，作为会议记录者，写到这句时突然想起了老家坪山的坟场，有很多露天的大肚子坛罐。客家人死了埋几年后，会把骨头挖出来再装进这些“金盎”。

四

他们开山劈岭，劈出一片褐红色的泥海……

——《她的老街：1979—1983》第 130 页

记者问张黎明，为什么不止一次提起许局长这一句话？

张黎明说，和20世纪80年代相比，今天人们的观念变化了很多。她有时会想，当年身边那些人的所说、所做、所想，在今天看来是不是有些好笑甚至有点儿傻？比如，人手不够时一个人身兼数职也从不讨价还价，干活赶时间会不顾个人健康，不知道日子会如何却还是乐呵呵……可当时的情况就是那样，尤其是在特区初创的那些日子。

好多事都是第一次做，要解决问题就需要耐心、勇气和智慧。

张黎明用很多笔墨写首次进入乌石古采石场工作的洋专家。那时候中国人还不太熟悉洋人，中国只是缓慢而努力地打开国门，必然会有很多冲突。但是这些外国人也创造了很多有趣的纪录，比如第一个在深圳取得运送炸药的通行证，第一个获准设立无线电对讲装置，第一个设立越过边界的碎石传输带。此外，他们也是深圳最早获得中国驾照的外国人。

这些今天人们不可能知道的趣事，张黎明记得清清楚楚。比如她不知该如何向洋专家翻译皮蛋而用了“old”这个词，结果让一桌的客人都放下了手中的皮蛋瘦肉粥；比如这些住在侨社总统套房的贵宾，每天回来都是一身泥一身水，成为侨社接待过的最“脏”的外国友人；比如洋专家外出寻找水源却误入军事禁区差点引发外事风波……

有意思的是，那些澳大利亚的洋专家当年拍摄深圳老墟市和乌石古采石场的大量照片也首次出现在《她的老街：1979—1983》中。

这些照片本身也有故事吧？

张黎明说，因为要出书，几年前她写信给曾经在乌石古采石场工作的澳大利亚专家，希望能搜集过去他们拍摄的照片。最早来深圳的宾杜加、罗恩·策史葛、约翰·史藏龙都提供了大量的照片。数年后，她得到了罗恩·策史葛先生离开人世的消息。

远去的不只是时间，还有那些记忆，还有老街。张黎明选择隐退山间，隔着时间和空间的距离。14年前，张黎明笔下的“我的老街”今天成为“她的老街”。

有些东西很难远去。那些脸庞红扑扑的客家女、讲围头话的本地汉子、从外地外省调入的干部、随身带着药瓶的局长、只有10平方米住处的市委副书记、有胆闯入开禁不久的异国他乡却不敢吃皮蛋的洋专家……他们共同构成了深圳经济特区最早的记忆，也构成了张黎明笔下的深圳老街。

（2016年12月20日）

深圳老字号的前世今生

廖虹雷

深圳有老字号吗？许多人带着疑惑的眼光和语气问道。言下之意，深圳没有老字号，即使有，也不“老”。

老或不老，自然与当地的历史有关。到底有没有老字号，深圳的老百姓心中有数。深圳虽然是一个新兴的城市，但有着1000多年的郡县史。民俗学告诉我们，大凡有人类的地方就有聚居的民寨，就有生产生活习俗，就有商品交易和交易的场所，也就必然有商铺店号。

环视深圳，今天商厦林立，商贸繁荣，商贾瞩目，商品誉满全球，这绝不是在“一片沙漠中”突然冒将出来的。30 余年的“横空于世”，得益于其特殊的地理位置，也得益于与当时占宝安县总人口一大半的分布在全球 50 多个国家与地区的华侨、港澳同胞的密切经济往来。

在传统的农业社会里，深圳有七十二行，而这七十二行的老字号商铺，当然不会少。

绿记云吞之浮沉

绿记云吞是深圳墟的著名小食。

当寒风冽冽，饥肠辘辘，坐在店里八仙桌旁的长条凳上，吃一碗“大碗夹抵食”的绿记云吞面，热气腾腾，顿时肚饱身暖。完了，碗底那几滴汤都仰脖喝完，粘在嘴唇的汤渍，还用舌尖“擸”（舔）一遍。那情那景那味，四五十年过去，依然难以忘却。

绿记云吞店，是香港新界一个叫林绿的客家人 1949 年之前过来开的，坐落于深圳东门西和街。中华人民共和国成立初，西和街和谷行街等几条街道被打通建成解放路，绿记云吞店迁至解放路的北门街口附近（今麦当劳位置）。由于靠近铁路小站（今穿窿桥榕树头边。罗湖火车站叫大站），来往粤港的客人从小站下车进墟，首入眼帘的就是当街此店，所以食客很旺，生意很好。

最近几经周折，我在深圳东门老街一个旧住宅区里找到绿记云吞的关就老师傅。关师傅 1933 年出生于素有“广东饮食之乡”之称的南（海）番（禺）顺（德）地区，13 岁随表舅来到深圳，在火车小站附近的怡新饭店做杂工。几个月后表舅开了个小食店，他便去当伙计，早晚挑担着云吞面在东门十几条小街上，敲打着竹筒“笃笃笃”地叫卖云吞。1951 年，18 岁的关就到香港人开的绿记云吞店里当小师傅，一干就干到退休。他今年 84 岁，跟云吞打了一辈子的交道，从“叫卖”开始，到“拌料”“打面”“熬汤底”“包云吞”“煮云吞”各个环节，蒙上眼睛，也能把云吞面做得非常地道。

做云吞最考究的是“打面”，大凡打面一向都是“水打面”，也就是在面粉里按比例用水搓面。广州有间乾隆年间开的店，其后人发明了用鸡蛋和水一起打面的方法，用这种做法比全用水搓的面好吃多了。深圳“绿记”关师傅却创造滴水不放，以1斤面粉放5只鸡蛋的比例“打全蛋面”。不放水的面非常难打，一天打数十斤面下来，人累得不得了。关师傅做的云吞面比“水面”香滑爽口，而且够“筋”，有嚼头，由此“绿记”名声大震。人们说“去绿记”，就代表要去吃云吞面。

然而，鸡蛋在那个年代一年比一年供应紧张，有什么办法可以解决“蛋源”问题？深圳西部素有养鸭传统，松岗、福永、西乡盛产鸭蛋。鸭蛋的蛋清比鸡蛋的多，关师傅试用鸭蛋“打面”。谁知更“硬”更难打，他把搓成的面团用“大竹杠”压，也就是把竹杠一端固定，胯臀部坐上另一端，上下压面。这样反复地压，便压出了上好的“竹升面”。驻深圳的九龙海关等部门有许多北方人，吃惯了北方的“松包滑面软饺子”，吃了“绿记”爽口鲜甜的云吞和皮韧薄滑的水饺，觉得“很新鲜”，很有口感，连说“不错”，于是成了“绿记”的常客。

到了20世纪的火红年代，“绿记”改名“为群面店”。

20世纪80年代，老街改造为华城，为群面店迁至人民北路工商银行附近，又更名“乐群小食店”，后来随着老师傅一个个退休，著名的绿记云吞店歇业了。

我在深圳墟生活了半个世纪，不仅眼睁睁看着绿记云吞店消失了，而且还目睹了北门街生产的著名的云片糕、猪油糕消失了，十字街口的伦记饭店改为工农饭店，妙奇香酒楼熄灶了，新生活照相馆更名“红艺”照相，还有一些老店铺也七迁八迁不见了踪影……

坚守百年的东生源

创建于清道光二十九年（1849）的“东生源”店号的第四代传人梁柏合先生是我几十年前深圳墟上大街（今太阳城百货商场）的老街坊。在采访中，他告诉我，1928年6月他出生于深圳墟鸭仔街。他的曾祖父在老家广东新会以染布、卖布为生，店面取名“东生源”，寓财源生生不息之意。

梁柏合的爷爷常常来往广州和香港做生意，为发展业务，于光绪年间迁徙到深圳墟，在布匹、裁缝较集中的民缝街（即上大街）挂起“东生源”老招牌。清宣统三年（1911），香港至广州铁路开通，经深圳来往省港、南洋的有钱人络绎不绝，东生源生意很好，在20世纪二三十年代鼎盛时期，设在上大街的门店就达400多平方米，里面有染布、打磨等工场，光染布的淀池直径就有七八米，深达10米，每天染成的布匹铺满晒布岭（今晒布路北一带）。晒干后，经过打磨加工好的布匹，连同从顺德等地订购的上好丝绸，就一起批发到香港大埔和元朗等地。

中华人民共和国成立后，东生源以经营规模、诚信和质量赢得业内口碑，1950年，年仅23岁的梁柏合被选为首届深圳镇工商联主任委员，并当选广东省第一届人大代表，受到叶剑英同志的接见。后来国家搞公私合营，东生源成为宝安县纺织品公司下的一间门市部。20世纪60年代，梁柏合去了香港定居，在九龙继续经营东生源，同时在澳门开了分号。

1979年改革开放，梁柏合迫不及待地返回深圳，在横岗开办了东生源“三来一补”工厂。1983年他找出当年在东门老街的房契，东生源门店又回到“娘家”。时年55岁的梁柏合像焕发青春一样，一口气在罗湖、沙头角、广州、珠海等地开办了多间工厂或公司，其时东生源下有5间工厂、20多个店铺，经营范围涉及金银首饰、尼龙床加工、太空衣、蚕丝棉被制作等。

梁柏合今年已逾90岁，子孙大部分在美国，以及香港、澳门。他对东门文化广场的东生源店感情非常深，只要有空就过去怀旧一番。如今，东生源在深、港、澳的6家门店专营床上用品、婚庆用品和绣庄百货。他的床上用品有蚕丝织品，走高端路线；婚庆用品有新娘唐装礼服、头饰、红布鞋、红马夹等，全是人工刺绣、钉珠、镶嵌胶片，金光闪闪，古香古色。靠着百年诚信，不少远在美国、加拿大、英国的华侨老客户都会在网上购买东生源的蚕丝织品和婚庆用品。

入选“非遗”名录的小吃

深圳墟另一家百年老字号如今也焕发青春。据《宝安县志》载，清光绪二十七年（1901），“合成号”商号在深圳墟正式生产、经营云片糕等传统食品，驰名港澳。合成号云片糕之所以不同于国内其他的云片糕，主要在于它率先采用香港的奶油，加上产于珠三角的糯米糕粉和台湾砂糖以及本地荔枝蜂蜜等材料精制而成，清香幼滑，入口即化。云片糕每片很薄，像四川灯影牛肉干一样可透人影。最绝的是，划根火柴一点马上燃着，食货即赞：“这是正宗深圳云片糕！”故当地民谚云：“大鹏鲍鱼沙井蚝，石岩沙梨南山桃，龙岗鸡金龟橘，还有深圳云片糕。”

1955 年私营企业改造，多家云片糕店合并为深圳糖果饼干厂，产品再没用“合成号”和“富华牌”两个商标，而统称“深圳云片糕”。1970 年 4 月，深圳云片糕被纳入国家出口商品之一，日产数以万片计，年产200余吨。年外销量2000箱（100盒为1箱），为国家赚取了一笔可观的外汇。

到20世纪80年代初，由于受到大量进口糖果饼干的冲击，加上东门步行街“华城”改造，制饼工厂拆迁，老师傅退休，工人被遣散，深圳云片糕等著名小吃也随之消失了多年。幸而2000年后，在深圳糖果饼干厂做过云片糕的一位师傅的后人、宝安本土人陈淦忠接棒注册“合成号”，用现代少糖少油的健康理念生产云片糕、鸡仔饼、花生饼、松沙饼、艾饼、虾饼等地方名小食投放市场，百年老店得以重放异彩，获颁“深圳老字号”、“广东省著名商标”牌匾，被列入深圳市和广东省两级“非物质文化遗产”保护名录。

“老字号”是一座城市经济文化的承载者。从2010年开始，深圳市商业联合会、深圳商报社、深圳广电集团等部门连续主办了七届“深圳老字号”评审活动。七年来共诞生161家“深圳老字号”，比如拥有100多年历史的“东生源”“合成号”“宝明堂药号”“李天顺银楼”，有30多年历史的上海宾馆、阳光酒店、唐宫酒楼、宝芝霖与喜上喜食品等企业，它们传承了城市文脉，积淀了地方历史文化。

（2017 年 3 月 28 日）

合成号：说不完的深圳故事

聂　灿

无论是细雨弥漫的巴黎街头，刚刚烘焙好的牛角面包，在你鼻尖萦绕四溢的芬芳；或是京都旧巷里，古早清新的寿司刺身，伴着一口回味；抑或是上海小资情调下，一块浓油赤酱的五花肉，娇羞地在你齿间留香……随着时代变迁，城市越来越广纳百川，纳的不仅仅是经济、文化，还有它独有的味道。

所谓一城一味，每一座城市，都有自己独一无二的味道。而深圳，这一味早已留给了拥有百年历史的“合成号”传统小食。记者近日获悉，合成号传统小食刚刚入选第五批“广东老字号”名录，成为深圳首个“广东老字号”传统小食。

光绪年间创始于深圳墟

合成号始创于清光绪二十七年，是《宝安县志》中唯一有记载的民俗传统食品著名品牌。最初，合成号商号在深圳墟正式挂牌营业，专门生产、经营传统食品，以其精湛的制作工艺著称，生意红火，声名远扬。

据介绍，合成号的名头最早来源于初始阶段五家人一起合作成功的意思，又因以做喜嫁饼起家，寓意“百年好合，佳偶天成”，之后一路沿用至今。

在旧时的宝安县，当地有过端午“担粽”，过中秋“担月饼”，过年“担饼”走亲戚，送挚爱亲朋的礼俗。传统小食一直是深圳人礼尚往来、传情达意的吉祥之物。在二十四个节气里，传统食品起着因自然调节健康的作用，春生、夏长、秋收、冬藏，天合地成。据史料记载，云片糕、炒米饼、米通、松糕、艾饼与干果等佳品在深圳已有悠久历史，又以合成号生产的最负盛名。

旧时宝安县曾有民谣唱道："大鹏鲍鱼沙井蚝，石岩沙梨南山桃，龙岗鸡金龟橘，还有深圳云片糕。"证明当时合成号所产的云片糕已是知名小食，而坊间更有诗赞曰："此糕送予蟠桃会，神仙取糕不取桃。"可见深圳云片糕在民众中受欢迎的程度。

深度介入本土人生活

记者了解到，合成号传统小食以云片糕最广为人知，但其制售的食品远不止云片糕一种，还有令人垂涎的广式粽子、油角、糖环、艾果、松糕、鸡椿角、喜嫁礼饼等。风味各异的合成号传统小食曾深深介入深圳本土人的生活，或因吉利的名称，或因富于寓意的产生背景，成为年节、吉日的礼品或重要食品，以及祭祀用品。

合成号小吃代表性传承人陈淦忠告诉记者，每逢年节，作为必备的供品，饼、糕等传统小食在民间的需求量极大。“又尽享深圳墟市地利之便，上可经广州通达内地，下可由港澳流向海外，故每逢春节、端午、中秋等重要节日，合成号的食品往往‘卖断货’。国内以粤港澳为主，国外则远销至新加坡、泰国、澳大利亚及北美、南美等国家和地区。”

“据说，一些飘零海外的华人，会为得到一小包亲友带来的深圳云片糕兴奋不已，格外珍惜。”陈淦忠介绍说，20世纪50年代，公私合营，合成号等商家生产的传统食品便不再挂上自己的品牌，20世纪80年代初，随着改革开放，洋糖果等食品冲入，加上老师傅退休，深圳传统小食手工制作技艺濒临失传。渐渐地，合成号成为传奇历史。

看到深圳“合成号”传统小食等地方小吃日渐没落，“合成号”第五代传承人陈淦忠毅然承担起老牌涂新漆的责任，在政府对当地非物质文化遗产的保护与支持下，开始了“合成号”重生计划。2011年，在被人淡忘30多年后，云片糕等深圳传统小食制作技艺成为深圳市非物质文化遗产，没落已久的深圳传统小食终于重见天日。

深圳首个“广东老字号”小食

在陈淦忠的努力下，合成号建立了产品研发保护中心，传承开发了驰名中外的深圳云片糕、鸡仔饼、松沙饼等30多种地方特色食品，并推出端午节、中秋节、春节年货等节日伴手礼和二十四节气礼品。

近几年，合成号传统小食多次参加文博会，举办大型民俗文化活动，出版“深圳味道”系列丛书，并连续举办传统文化进校园、进社区、进深圳博物馆等推广活动。近日刚刚入选第五批“广东老字号”名录称号的合成号还拥有艾草饼、枧水粽制作配方工艺等国家级发明专利，“合成号深圳云片糕”项目被列入广东省级非物质文化遗产保护项目。

“吃的是味道，感受到的是回忆。”陈淦忠表示，他特别不愿意看到肯德基、麦当劳等洋快餐成为深圳孩子的童年记忆，“我们呈现的不仅是食品，也是深圳记忆，更是一种社会责任。希望孩子们的记忆中，永远都有一道难忘而温情的‘家乡味道’。”

（2017年8月8日）

为蚝修志，以蚝观史

魏沛娜

沙井蚝是深圳本土最出名的物产，也是中华人民共和国成立后深圳最早的国家级名牌出口产品。然而世人多知“舌尖上”的沙井蚝“肉肥质鲜爽脆”，却不知“历史上”的沙井蚝也有着丰富的身世故事。据了解，沙井世出蚝蛎，品质卓越，遂被冠以“沙井蚝”的地理标识，自宋代起更被当地村民争相人工养殖，成为与当地海盐一样出名的物产。清乾隆五十四年（1789），沙井的海盐随着归德盐场的撤销而终止了生产，沙井蚝却风头不减，绵延至今，是深圳为数不多传承下来的地方特色名产之一，成为深圳一张响当当的文化名片。

记者日前获悉，由深圳媒体人阮飞宇撰写的《沙井蚝：前世今生》即将出版。该书极力探寻沙井蚝的名称演变背景和过程，以及沙井何以创造商品蚝养殖大格局的原因等。

近日，阮飞宇接受记者专访，细细讲述了沙井蚝的前世今生。

沙井墟是今日深圳缩影

阮飞宇喜欢吃蚝，无论蚝豉、蚝油，还是生蚝，都让他感到美味非常。他还记得20世纪90年代末期，某天有朋友请他吃饭，点了一款生蚝，“个头出奇地大，处理得很是洁净，肥美乳白的蚝体，水灵灵，亮莹莹的”，当时“一咬，一种沁凉沁凉的感觉在舌尖萦绕，竟觉鲜嫩爽滑，甘美非凡”。当朋友告诉他这是沙井蚝时，他立刻产生一种直觉：“深圳应该并不像当时的人们普遍臆想的那般缺乏文化渊源。既有名产，必有诸多的陈情往事潜藏其间，堪为撑起这一方水土的人文底蕴。”

因此，从味蕾刺激开始，出于对沙井蚝的偏爱，阮飞宇走上了对其身世故事的探索。他坦言，选择写作《沙井蚝：前世今生》这本书，是一次尝试，“为蚝修志，以蚝观史。这是我写作时的小小心思”。

阮飞宇表示，了解了沙井，就理解了深圳；了解了沙井蚝业为什么能够做大，就理解了深圳特区为什么能够成功。这正是他写完这本书后最大的感触。“数百年前的沙井墟，就是今日深圳的迷你版。深圳今日经历的移民、开放、开拓、创新、竞争等城市发展历程，在数百年前的沙井都能一一找到影子。今日深圳人精神的特质里，传承着太多沙井古人的基因。”

沙井蚝首登历史舞台

沙井蚝，究竟与沙井有何关系？沙井，现称沙井街道，隶属于深圳宝安区，位于深圳市西北部。据介绍，深圳西部是海滨平原台地，地势由东向西倾斜入海，东西宽，南北窄，地形主要是冲积海积平原和台地，低丘陵和残丘。茅洲河、沙井河等河流流经此地，注入珠江口。早在三四千年前，当地的百越人在沙井一带栖息繁衍，靠海谋生。东晋咸和六年(331)设立宝安县前，沙井一带便开有盐场。周边居民逐渐聚集此地采盐谋生，形成商埠。

沙井的得名，古来有多种说法。比如，历史上沙井最早的名称叫作参里，此名得来与东晋大孝子黄舒有关。但在阮飞宇看来，“不管何种说法，其核心旨意都是:此地原为滩涂，地下多沙，井水中沙多，故名‘沙井’”。“沙井的海岸线长约2.75千米，岸线平直，坡缓水浅，属淤泥质海岸。历史上，这里的海滩除了盛产海盐，由于人类活动的介入，还非常适合蚝的繁殖。”

鲜为人知的是，沙井蚝与史书上记载的“卢亭”这类生物还有着莫大的关系。据了解，“卢亭，又称为卢馀，是传说中的一种半人半鱼的生物”，据说是东晋末农民起义领袖卢循之后。卢循起义失败后，余党逃至莞邑沿海，居于大奚山（今大屿山、香港岛和珠海万山等岛屿的合称）上。根据明末清初学者屈大均的描述，传说中的卢亭一族已经演变成为一种在文明社会看来似人非人的怪物，而实际上其确已退化成为野人。他们椎髻、裸体，语言无人能懂，以采集野生植物和捕捞鱼、蚝等海洋生物为生，可以生食鱼、鳖，可以在水中生存数日。

阮飞宇说，刘恂的《岭表录异》还提到卢亭一族的饮食和居所："惟食蚝蛎，垒壳为墙壁。"蚝蛎，就是牡蛎，广东人称之为蚝。古时香港、宝安一带均属莞邑，由《岭表录异》记载的这段文字可以推断出：首先，卢亭一族选择逃亡至莞邑沿海，说明此地当时人烟稀薄，四野荒芜，否则目标扎眼的朝廷反民断不敢结队隐匿于此；其次，卢亭一族以蚝蛎为食，一个"惟"字，道出了包括今日沙井在内的莞邑沿海一带在东晋末年野生蚝蛎数量已然可观，可供逃亡此地的卢循余党聊以充饥。至于卢亭一族用蚝壳垒成的房子，则被称为蚝壳屋，是就地取材的建筑典范。"这一记载，算是沙井蚝首登历史舞台，揭开了其后闪耀千年的序幕。”换言之，卢亭一族流落到莞邑沿海，正是蚝蛎养殖后来成为当地支柱产业的关键，这是一个历史性的节点。

梅尧臣、苏轼因爱蚝而作诗文

采蚝业是如何逐步发展成养蚝业的？深圳宝安区民间文艺家协会副会长程建解释，野生蚝蛎是依附海岛的礁石而生的，沿海的淤泥滩涂不可能有大量野生蚝蛎出现，除非有人为的因素，有意识地给蚝的生长提供各类附着物，也就是人工养殖。据传，珠江入海口海湾一带最早的养蚝业，就是从靖康（今东莞麻涌）开始的。崇祯《东莞县志》记载：“莲花峰在城西四十里，九峰峻耸，状若莲花。又名三角山。顶上有池，池中有石带牡蛎壳，相传为靖康产蚝之端。”也就是说，麻涌一带海域所产的靖康蚝，开端于莲花山，繁衍于麻涌。至于后来取代靖康蚝名称的沙井蚝，则来自今日广州南沙的龙穴岛。

阮飞宇称，靖康之名，因宋代官设的靖康盐场而得。此地和今日沙井所在的归德盐场在宋元至明中期以前，不仅海盐产量在广东占据重要地位，而且产出的蚝蛎也广受赞誉。靖康蚝出名了，奇货可居，四方渴求，行情渐涨。当地人从收获野生蚝蛎中尝到了甜头，野生蚝供不应求的时候，自然想着法子尝试通过养殖扩大供应量。北宋时期，广东靖康盐场、归德盐场一带的采蚝业逐步发展成养蚝业。

“在沙井蚝这一地域物产品牌形成的过程中，沙井人应该特别感谢一人——北宋诗人梅尧臣，是他以文学的样式使得今日的沙井蚝不仅声名远播，而且更为难得的是，将当年的养蚝方式记录了下来，使得千百年之后，人们依然可以明晰地了解当年的劳作。”阮飞宇介绍，梅尧臣这首脍炙人口的《食蚝》诗，是我国现存最早的蚝诗。“雅闻靖康蚝”，这是历史上第一次对蚝名给予地域称谓；“并海施竹牢”“掇石种其间”，则是世界人工养殖牡蛎最早的记录。“这首《食蚝》诗，对养蚝生活和食蚝感受描写得如此细致入微，形象生动，意境开朗，得益于梅尧臣对乡村生活的兴趣和了解。”阮飞宇说，诗中像“稍稍窥其户，清澜流玉膏”“况此铁石顽，解剥烦锥刀。戮力效一饱，割切才牛毛”等句，便是梅尧臣亲身观看开蚝和首次窥见鲜蚝肉时的切身感受。

同样尤要一提的是，北宋诗人苏轼对蚝的情感丝毫不逊于梅尧臣。据明朝崇祯《东莞县志》记载，北宋绍圣元年（1094），苏轼被宋哲宗贬谪至惠州时，曾途经东莞。友人以蚝款待，有美食家之称的苏轼一吃便上了瘾，此后隔三岔五托人到归德买蚝解馋。即使之后被贬到更蛮荒的海南儋州，仍以食蚝为乐。元符二年（1099），苏轼写《食蚝》一文：“己卯冬至前二日，海蛮献蚝。剖之，得数升。肉与浆入与酒并煮，食之甚美，未始有也。又取其大者，炙熟，正尔啖嚼……每戒过子慎勿说，恐北方君子闻之，争欲为东坡所为，求谪海南，分我此美也。”苏轼对蚝的喜爱可见一斑。

靖康蚝与沙井蚝一脉相承

值得注意的是，古称的“靖康蚝”与现称的“沙井蚝”有何区别？易言之，“沙井蚝”是在何时真正定名？阮飞宇指出，明代以后，珠江流域水土流失日益严重，水流量增大，上冲的海水退缩至虎门以下东莞、新安交界一带海湾中部海面，养蚝的主要区域和生产区就逐渐由麻涌下移至这一海区，即靖康盐场、归德盐场之间的海域。“靖康蚝”的叫法也因此改变，从归德、靖康两地各取一字合并，称“归靖蚝”。清初以后，由于珠江流域树木砍伐和土地开发严重，水土流失进一步加剧。麻涌一带受冲积影响，淤泥堆积，已无法养蚝，加上雨季珠江上游水土流失严重，淡水流量增大，海水回冲只能上逆至珠江口海湾中部沙井附近海面一带，因而此后的主要蚝产区便逐步下移至沙井附近海面。沙井一带成为珠江口海湾的主要蚝产区，麻涌、虎门一带几乎已都是淡水，无法再养蚝。从此，“靖康蚝”

作为地理物种标识退出了历史舞台，这一海域出产的蚝的名称也就顺理成章地由“归靖蚝”变化为“归德蚝”，沙井蚝从此正名。

清乾隆五十四年，由于珠江淡水流量下冲过大，海水逐渐淡化，位于今日沙井的归德盐场也严重萎缩，无法经营，当年官府撤销了归德场盐官，关闭了归德盐场。清光绪三十四年（1908），新安设置沙井乡，此后，“归德蚝”就逐渐被“沙井蚝”的名称所代替，一直沿用至今。沙井一带的蚝场就这样历经历史的筛选，成为珠江口海湾最主要的蚝产区。

阮飞宇强调：“古称的‘靖康蚝’与现称的‘沙井蚝’实际上是一脉相承的，是同一个海域出产的同一品种的蚝，只不过因中心产区或主要产区不停转移，与之对应的地域名也有所改变而已。但不论如何改变，其名称都是泛指珠江口海湾一带生产养殖的近江蚝。靖康蚝也罢，沙井蚝也罢，名称通意是一样的，其字面的变化，体现的只是历史的变迁而已。”

在阮飞宇看来，沙井蚝至少在宋代就已名闻遐迩，这一江湖地位的获得，凭的是质优本色。沙井蚝体大肉嫩，蚝肚极薄，有“沙井蚝，玻璃肚”之说。这优质蚝的生成，不纯粹是拜天然所赐，也是当地蚝民的智慧结晶。

独具岭南特色的“蚝文化”

需要一提的是，阮飞宇指出，20 世纪 80 年代初，顺德曾出土了属于宋代的古蚝壳，说明自宋代以来广东珠三角就已有养蚝的习惯。至于沙井地方养蚝的文物留存，20 世纪 80 年代初以前一直未曾发现，难以实物佐证。1958 年，沙井镇壆岗村在村前挖河道兴修水利时，曾挖出一大堆古蚝壳，可惜当时文物意识不强，当地人未作任何年代鉴定便将其掩埋了。这份遗憾，直至 1986 年壆岗村村民陈水通等在咸田意外发现大量南宋古蚝壳，才得以弥补。此发现意义之重要，对于沙井乃至深圳来说不言而喻。

“这些古蚝壳，使‘沙井宋代始养蚝’的传说和相关历史文献记载为实物所证实，符合《新安县志》中所写沙井自宋代即有‘插竹养蚝’之说，也印证了宋代诗人梅尧臣所作《食蚝》诗中描述的‘靖康蚝’并非虚构。因此可以论定，壆岗咸田古蚝场的发现，以实物佐证了沙井一带自宋代以来已有养蚝业存在，而且在南宋之后就已达到一定的规模。除了南宋整体经济发展因素的促进，南北之间的人口流动，也是推动蚝业发展的重要因素之一。”阮飞宇说。

他表示，在长期的发展过程中，沙井蚝业逐步形成了打山口、流水定作息、集体协作等生产习俗和蚝壳砌墙、上香拜天后等生活习俗，有一整套成熟的养殖和加工技术，形成了种蚝、捌蚝、搬蚝、撒蚝、屯蚝、扑蚝、捡蚝、开蚝等传统工序。同时，由于代代养蚝、制蚝、品蚝，逐渐形成了较为成形、具有浓郁岭南特色的“蚝文化”。“概括来说，沙井蚝文化，就是沙井人在与蚝相关的社会实践过程中所获得的物质、精神成果。”

阮飞宇告诉记者，元明以后，由于蚝业生产的规模越来越大，沙井蚝文化也渗透和影响到社会生活的更多方面，形成了蚝民有规律的生产习俗和生活习俗，出现了大量的与蚝文化有关的诗歌文赋，蚝饮食文化更已渗透到千家万户和社会生活的很多方面。这些非物质性的沙井蚝文化，经过清代乃至近现代以后渗透、影响得更加广阔和深远。

据了解，2005 年，深圳市已将“沙井蚝”列为市级非物质文化遗产，并于 2006 年申报为广东省非物质文化遗产。与“广东粤剧”“广东潮剧”“沙湾飘色”“佛山舞狮”等一样，“沙井蚝”成为人类共有的知名的非物质文化遗产。

（2017 年 7 月 11 日）

消失60年追月习俗再现坑梓

刘 娥

作为深圳客家移民的最早聚居地之一，坑梓阿婆叫沥河边至今仍伫立着几十座客家围屋，它们见证了深圳最早一批移民繁衍发展的拓荒史。坑梓客家先祖自清初“迁海复界”移民此处，在当地大力发展士农工商业，种植花生、甘蔗等，后榨成花生油、蔗糖出售，积累大量财富后广置田园。300年间，坑梓一带修建起一批恢宏精美的客家围屋。

其中的回龙世居则有百年历史，由坑梓黄氏八世祖黄俊明建于道光二十八年（1848），是一座典型的清代客家四角楼围屋。前段时间，坑梓回龙世居的禾坪搭起了戏台，大门上挂起了大红灯笼，月池边微风习习，一个重要节庆“追月”在这里举行。深圳本土民俗学者廖虹雷告诉记者，客家围屋月池追月一俗，在深圳已消失60多年。坑梓围屋恢复传统，实际上是在现代都市生活中追回文化传统，追回乡间记忆，慰藉乡愁。这也是深圳客家人在用自己的方式，探索围屋“活化”之路。

古老的客家民俗还在

当天，回龙世居的正面围墙上拉起一条横幅——“追月　泮池映月　回龙”，数十张饭桌整整齐齐地摆满禾坪，禾坪前方就是几乎每个客家围屋前都有的半圆形月池，也称泮池。傍晚时分，准备开席，那边刚出锅的客家黄焖猪肉令宾客垂涎三尺，这边妇女们端着盘子鱼贯穿行在花团锦簇般的桌帷之间。从香港回来的，移居到外地的，以及在本地的数百位黄家人聚集在一起。他们还邀请了四方宾客，包括民俗学者、历史文化学家、建筑专家和《深圳商报》记者等，一起见证消失多年的“追月”民俗重现。

在最靠前的方桌上，果盘香案早已摆好，芋头、菱角、柚子、青榄、柿子、月饼等统统上桌。戏台上，琴师滑动筝弦，指尖流出悠悠乐曲。而后，客家妹子唱起山歌，《呵嗨一声歌成河》《喜事好运滚滚来》，好不热闹。待月亮冉冉升起，拜月仪式正式开始，主宾们赏月饮酒，还有人吟诗作对。晚上10时左右，月亮刚好倒映在月池中，令宾客赞叹不已。

深圳本土民俗学者廖虹雷不禁感慨：“‘追月’，数年不见的习俗在这里恢复了。”他介绍，拜月赏月，深圳民间历来有此习俗。旧时，因为中秋是收获的季节，五谷三牲，物产丰硕，秋高气爽，正是祭祀先祖祈福佑的好时机，客家人还会在家祠或村里宗祠祭祀。祭毕，全家老老少少相聚，热热闹闹地吃团圆饭。这顿团圆饭，在深圳民间被看作一年之中仅次于春节的“年夜饭”。

父母、兄弟凡出门在外的，或有归宁的女子，即便千山万水也会赶回来团圆。

回龙世居的掌门人黄可洪回忆，儿时的中秋节是最美好的童年记忆。那时祭月、拜月、赏月之后，还有舞草龙、猜灯谜、放孔明灯等娱乐活动，老一辈还举行过耍乐仔、烧瓦塔等民俗活动，几乎通宵达旦。

作为深圳客家移民的最早聚居地之一，坑梓保留着许多传统民俗。坪山区文化顾问叶凌介绍，当地风俗习惯有个顺口溜："一月一，二月二，三月清明，四月八，五月五，六月六糍粑碌碌烧，七月七（打泉水）拜田公，八月十五，九月九，十月朝，十一月冬至，十二月过大年。""以前每到春节或重大节庆，一大家族人聚集一起舞狮舞麒麟，大家穿得漂漂亮亮，热闹又开心。当时在这里生活，很有满足感。"黄可洪告诉记者。

百年老围的昔日荣光

黄可洪对于围屋生活的回忆，也是许多坑梓黄氏后人难忘的“昔日荣光”。

回龙世居有百年历史，由坑梓黄氏八世祖黄俊明建于道光二十八年，为三堂二横四碉楼，占地面积约4000平方米，前有禾坪及月池。月池有“养人蓄财”的寓意，并非客家人首创，它是中原文化的一种传承，坑梓后人则将它作为围屋的固定建筑制式。整个围屋为夯土墙，土木结构，灰瓦顶，船形屋脊，是一座典型的清代客家四角楼围屋。记者看到，月池边立有旗杆石。黄可洪告诉记者，这是黄俊明于咸丰八年（1858）中武举人后所立，也叫举人石。

回龙世居利用丘陵的自然走势建造，前低后高，坐北面南。原来后边是一大片松林，居高临下，俯视着“回龙”，东西两边也是大树林。绿荫覆盖的“回龙”，面对着几十亩开阔的良田、鱼池。再远处，对面岭恰好成为一道屏障。黄俊明还在围屋左侧加盖了一所建筑精良的三间两廊私塾。这种巧妙利用山势、树林、良田、美池的环境构想，为回龙世居族人提供了一个理想的耕读空间，诚如大门藏头联所云：“回抱春山秀，龙蟠吉第高。”叶凌表示，可能得益于此种环境，回龙世居后人中出过武举，出过生意人，做官的也不少，但出得最多的还是当教师的读书人。

回龙世居曾经是这里的大户，“从前站在500米高的对面岭上，看到的所有田地都是我们回龙世居的”。黄可洪不无骄傲地介绍。然而这个家族却因为一场关于“红目鱼”的官司而走向衰落。“祖公黄俊明建造回龙世居时兼做生意。一次在澳头买回一批红目鱼来卖，没想到这批鱼是盗贼赃物，失主在淡水告了官，祖公输了官司。当时祖公计划建造回龙世居的规模远比现在大，而因为这场官司，卖了多少地，赔了多少钱，难以计数。祖公在推送白银时，因为劳顿抑郁，在途中吐血而亡，村里人从此不吃红目鱼。”

“回龙”还有着鲜明的时代烙印：它的大门原用一指厚的铁板包裹，上面如宫殿大门般布满一个个凸起的圆头铁钉，还配有九洞门栓眼的栏门。84岁的老人黄自模告诉记者，两扇门的铁板、铁钉在1958年被撬下来，与摆放在禾坪上的两架小铁炮一起上交了。这是坑梓黄氏后人支持国家建设的一小段记忆。

当地人还管回龙世居叫“火烧围”，这和一段抗日历史有关。黄自模告诉记者：“那年（应是1938年10月），在海边登陆的侵华日军到坑梓烧杀抢掠，到回龙世居见大门紧闭进不去，就用电油（火水煤油）烧，回龙世居部分房子被烧毁。后来因为家里人曾有旅日留学经历，从家里拿出日本的毕业证书为证，日本兵才撤走。”现在围屋外墙火烧后的痕迹，已经被岁月的斑驳所覆盖。

“活化客家围”有进展

回龙世居曾数度维修，从第八世到如今第十五世的后代子孙在这里生息繁衍。黄可洪不无惋惜地告诉记者，从2006年开始，老房子定为“危房”不让住人了，倒塌一大片，有的部分只剩墙础，想要修复却缺乏相关法令依据。

“回龙世居是家族的财富，也是深圳的财富。”黄可洪说。这里更有着黄氏老人一生的回忆。今年 89 岁的方满、87 岁的叶瑞群告诉记者，最大心愿就是在国家扶持下，把房子修好，恢复从前的生活。“把月池修整好，有空回去在大门口坐一坐，打打客家纸牌，看着小孩玩耍，一帮人聊聊，就知足了。”方满说。

对于围屋的“活化”，黄可洪表示，一是不要太商业，破坏原来的风貌；二是从文化去传承，以房养房、保育维修，才能使祖宗留下的遗产传承下去。

据叶凌介绍，“活化客家围”的话题今年以来不断被提起，一批专家学者、建筑师、艺术家、媒体人也加入话题讨论。然而“活化”本身涉及文物保护、土地政策、城市更新、产业转型、民生、生态等问题，困难重重。今年 2 月，由深圳社会团体坪山区东江客家文化协会发起，与市土木再生城乡营造研究所共同组织了对坪山坑梓客家围堡现状调研，《深圳商报》也对坑梓客家围抢救、保护做了系列报道，取得初步成效。村民逐渐恢复文化自信，也引起政府相关部门重视和思考，并开始有所作为。

现在，对客家围屋的抢救保护，已经不限于学者专家和媒体范围。“追月活动，是客家围主人主办的，在不经意间，恢复了‘新安追月’风俗，这是‘活化’的开始，”叶凌表示，“坑梓在深圳40年城市化发展中相对滞后，一批古建筑群仍然保留，村民也保留了部分中原风俗习惯。恢复深圳本土民俗文化，是对故园乡土的守望。”

在发稿前，叶凌向记者透露，坪山文物保护情况取得积极进展。“文物部门宣布，私人可以修文物了。而回龙世居将作为‘活化’试点，拨付30万到50万进行抢救性维修，并选100平方米做‘内盒院’室内装修，多功能使用，或改造布置成展厅、会议室、茶室、老人活动室。此外，还有建设‘文旅小镇’的构想。”她兴奋地说。

（2017年12月5日）

木匠文叔：甘当最后的手艺人

南　翔

在松岗街道，无论大人小孩，都叫他文叔。

我在深圳宝安下辖的松岗街道见到年过七旬的文业成之时，文体中心办公室的冯主任正叮嘱他，拟安排他春节前下社区去写春联。文叔走到门口，忽又折回，到里间去索要了一款宣纸。他走来走去的姿态，有点跛；下台阶的当儿他告诉我，前一段搬农具不小心砸到了脚。话题便很自然引到了木器农具上，他用粤式普通话与我交谈，才讲几句便叹了一口气，似乎一言难尽。

我的小车从大车川流不息的107国道下面穿过，折入几条起伏不平的窄巷子，七弯八拐，到了他的家门口。一栋局促而高耸的自建房，仅仅一个车位，文叔下车开了锁，放倒铁栅，我才得以小心泊入。

随文叔进得家来，楼房与平房之间形成的一条过道，是他的画室兼会客厅。左手的案台上铺着毛毡与宣纸，右手的矮壁上张挂着他作的字画，尤以水墨虾画为多；一张张斗方上钉着一枚枚不同颜色的吸铁石，宛如一个个倒挂的将士布阵。我一大早自福田区始，在高速公路上奔驰一个小时，来到与东莞交界处的松岗见文叔，是想来欣赏他的木器农具的，毕竟2015年获批区级“非遗”项目的“木器农具制作技艺”，文叔是唯一的代表性传承人，此项目还拟向市级“非遗”项目申报。他却没有马上起身带我去参观木器农具工作坊或陈列室的意思，而是沏了一壶铁观音，与我谈起了自己的经历。

一段七旬深圳本土人的过往，虽未必惊心动魄，却也折射了一个民族沧桑的背影。

去松岗木器社学木工

如今客居深圳七八百年的宝安文氏、福永文氏、岗厦文氏……以及香港文氏，都可以追溯到南宋末年抗元兵败的文天祥之宗脉，信国公的慷慨赴死以及“人生自古谁无死，留取丹心照汗青”的凛然绝唱，更是千古而下，崇仰者不绝如缕。

既是文姓，文业成的祖上不问可知，文氏祠堂是一个大家族的共同宗奉。显赫的背景早已在时代的沟壑里辗转泛黄，凋敝的村貌与贫瘠的生活才是文叔及其乡亲未曾泯灭的深刻记忆。那是一个全民日夜辗转的心思都在口腹的年代。文业成待在家里的头等大事就是，如何在另外三个兄弟姐妹以及父亲瘠薄的身子里，多增加一点卡路里。尽管家里连一床像样的被子都没有，任何物品都弥足珍贵，他还是毫不犹豫地将一床三成新的蚊帐剪成了一张网，在四边支起弹性十足的竹篾，扛在肩上，下到河边去捞虾，饵料便是网兜里的一把糟糠。那些身体剔透、触须妖娆的活虾，不仅陪伴他度过了国运迍邅、穰少仓空之荒年，也慰藉了精神枯寂岁月中的少年。直到他业余与绘事为伍，虾，几乎成了他唯一的画物，源头盖在于斯。

父亲早出晚归，依然养活不了一个家，他要长子出去觅一份工作。父命下达：去学木工吧。

文业成背上一个简单的行囊去松岗木器社学艺了。学徒要吃苦，他懂；学徒要从杂工做起，他也懂。木匠的杂工与学徒，从锯木头开始，任是杉木、松木、樟木、梓木……任是锯三分板或五分板，长料或短料，方料或面料……总归师傅的一声咳唾，一个眼神，都是无上的威严。从春夏锯过秋冬，从东家锯到西家。双手磨出的血泡一次次结痂，双腿绷紧的马步一次次进退，脚下的泥土被汗水濡湿，身边的板材堆成了小山。

如此的虔诚，如此的卖力，三年一弹指，感动了师傅——手艺只能在自家血亲中传承是乡村各类手艺师傅们的共同遵奉——师傅时或给予一些点拨，更多的学习则有赖徒儿的悟性与勤奋。犹记得，第一年月薪 18 元，第二年20元，第三年22元。学徒期满，大多数人并不能独立制作一件家具或农具，文业成却基本上都能上手，无论理论还是实践考试，完全合格。这时节，木器社易名农具厂，分为木器、铁器、电器、机修与五金一共5个车间，木匠文业成自然留在木器车间。为了生存，亦是社会需要，木器车间小到饼模子，大到学校教具——单双杠、木马，都做，当然，更主要的还是农具——牛押、打谷机、禾桶、秧船、木制步犁、手摇水车……访谈至此，文业成谈兴渐浓，起身抱过来厚厚一叠翻拍的图片说，各种农具合起来有300多种呢！手头的这些翻拍图片，尽数黑白，线条斑驳，掩映着一个渐行渐远时代的斧凿之声。

木器农具淡出历史舞台

就这样，在木器制作的铿锵声中，在各式木料气味的包裹之中，文业成一直做到改革开放大潮的到来。1978年，先我着鞭的深圳，大面积的农转非，所谓的洗脚上岸、三来一补，将此前大量的农民“转业”为工人，农具厂歇业了。文业成欣慰中夹着几许惆怅，猝然意识到，木器农具不再批量生产了，以前干活的家什淡出了历史舞台，便会渐渐成为珍贵之物！于是，他果断到家家户户去收购——南方多湿，这些农具一是闲置，二是无人妥为保管，不说任其日晒雨淋，就是无处不在的白蚁也会很快将其一一化为齑粉！事实上，在他收购过程之中，一些已然蛀烂。

1978 年的文业成正当盛年，被委任到新办的电子厂做管理之职，仍心系木器农具，在不断收购的同时，毕竟还有一些种着闲地的村民不时拿农具找上门来修补。木工修补何处寻，如今唯有文业成！硕果仅存的木工师傅，居住之地撑不开，房前屋后都是修理场所。一是有需要，二是自己喜欢，若问孰轻孰重，还真不好讲呢！他朗然一笑，遂成低声：整整做了一辈子啊，到今天都放不下啊！

我与文叔相向而坐两个多小时，他口中念念叨叨的始终是木制农具，我心里越来越渴望看到一个农具的堂堂阵列——说实在，我南来近20年了，在岭南各地的大小陈列馆里始终没有看到过一个像样的木器农具展。我固然没有天真到期望在文叔这里看到，如秦始皇兵马俑队列的无声风雷一般，木器农具裹挟着几千年华夏文明的烟云扑面而来，却希望此行不虚，可以获得超越那些公办与民间博物馆的木器农具，给我以一份餍足。文叔的水墨虾画与淋漓的行书、篆体，获奖很多，但这并不是我最想看到的，那些笔墨，我想只能算一个老木工手艺的副产品。

在我的一再恳请下，文叔起身，径向后门走去，我尾随在后。

后屋窄窄一条路，转右上几级台阶，便是宽约两三米的窄窄一块长方形水泥地。有一位中年女子在压机井洗菜，伸过去一接，水温暖手。机井的两边，各搭建了三个不同大小的铁皮屋顶，各有一二十平方米，文叔信手一指道，喏，它们都在这里哟……

筹建第一家农具博物馆

面前的堆放，令我着实吃了一惊。

沉重的牛押，分明还传递着水牛犁地时的喘息；手摇的水车，吱吱呀呀唱着祖辈耕作的古老的歌谣；木制的田耙宽约数米，需几个壮汉合力才能抬下田埂；双轮脚踏打禾机，较之禾桶已有半机械化的意味了……我从小在赣西的城乡接合部生活，学生时代参加过春插、双抢与秋收，深圳乡村的用具大都与赣西相同，却也有不同的，譬如：禾草磨，类似一把带柄的大木梳。文叔告诉我，这是禾田除草的工具——那时候既少化肥，亦缺农药，更无除草剂。秧盆与秧板，是拔秧之后，在水田里传递秧苗之用。谷磨——一具木凳、篾围与石磨的结合体，20 世纪 60 年代之前稻谷脱粒之用。还有一架 20 世纪 70 年代之前农村主要的运输工具鸡公车，木轮，木架，木托，形状类似我在赣西见过的独轮车。赣西独轮车的货物主要放在两侧，鸡公车的货物是置放其上；还有一个不同，赣西的独轮车主要是铁轮，此为木轮。当年很多乡镇的青石板街镇，中间总有一道凹槽，便是因独轮车年代久远的碾压之功。文叔说，鸡公车是北方带来的叫法，本地叫辘头，因为支起来的货架子形似鹿角。辘辘，还是一个象声词，勾画起苍凉、婉转而渺远的意境。

最里间铁皮屋的横梁上，文叔张挂一纸横幅，上书：宝安区第三批非物质文化遗产（木器农具）暂时存放室。外间则张贴着手书的“深宝府〔2015〕27号文件”的片段。这个文件我拿到一个附件，名称很长：“深圳市宝安区人民政府关于公布深圳市宝安区第三批区级非物质文化遗产代表性项目名录的通知”，文业成是文件里七位代表性传承人之一，项目为“木器农具制作技艺”。

他终于说到自己的苦衷：虽是区级“非遗”的唯一代表性传承人，接下来还要向市级申报“非遗”，但却没有一个工作间，没有一个农具存放处。他说前年到广东省一个生活博物馆去参观，农具部分的只有五件展品：犁、磨子、水桶、耙子、风柜。“我这里保存的农具不仅仅是深圳，甚至也可能是广东省最全的，堆在这里，这样的条件，要不了多久，就全完了呀。”我知道文叔念兹在兹的就是一个场地，他也给我带来了一份他署名的“关于筹建深圳第一家农具博物馆的申请”。

一个一辈子没有放下过锯子、锤子、刨子和凿子的老木工，他愿意在自己的有生之年，用自己方圆百里几乎是唯一的技艺，让它们一一翻转腾挪，活过来，走进一个亮堂堂的博物馆或陈列室。他还想在这个博物馆的楼上加盖一个画室，除了自己爱画的虾，爱写的春联，他还会将一件件农具的修复过程一一描绘下来，让后人知晓。我们都是土地的子孙，后人不应该完全不晓得稼穑之艰、田亩劳作……在一座现代化都市的大厦连云之侧，开办一个深圳木器农具博物馆，这是一个多么好的比较、观照与遗存。

（2019 年 4 月 18 日）

正在消失的深圳老房子

夏和顺

1992年，张一兵从北京中华书局调至深圳博物馆从事考古工作。在田野调查和实地发掘过程中，他看到遍布乡间的村落民居和祠堂、炮楼等建筑，产生了浓厚的兴趣。2004年，深圳市文物考古鉴定所成立，他被分配在古建筑研究室工作，从此跟深圳传统建筑结下更深缘分。20多年来，他跑遍深圳近千个村庄，对数万座不同类型的传统建筑进行过实地调查。最近，张一兵所著《深圳风物志·传统建筑卷》出版。这十年磨出的一剑簇新耀眼，让我们看到了已经消失或正在消失的深圳传统建筑的魅力与辉煌。

深圳传统建筑的五个来源

根据对深圳地区近千个村庄、数万座不同类型传统建筑的实地调查，张一兵大致上编制出深圳地区传统建筑的谱系。他认为，深圳地区现存传统建筑可分为五大主要类型：宝安（本地）型、广府型、客家型、闽南潮汕型、西洋型（含中西合璧亚型）。在每一个类型里，还可能存在多种亚型及多种分支和变体。

为什么会存在上述五大主要类型呢？因为深圳传统建筑具有来自五个区域文化的渊源。张一兵认为，深圳在地理位置上具有独特之处：西北背靠东莞、广州，西南面海，东北背靠惠州，东南面海，正南与香港仅一河之隔，境内五分之三为山岗丘陵，五分之二为小面积平原。广东地区主要有三大区域文化类型：广府文化以广州为中心向四面延伸；客家文化以梅州为中心向四面延伸；闽南潮汕文化以漳州、潮州为中心向四面延伸。这三大区域文化类型的共同交会点正是在深圳，并在此结束。所以，张一兵认为，从区域文化类型的多样性上看，深圳是得天独厚的，而区域文化类型的多样性直接导致了深圳地区传统建筑的多样性。

张一兵分析，深圳的传统建筑类型，除受上述区域文化影响有三种外，尚有本地传统文化和西洋传统文化类型，其中他认为本地文化类型最为重要。张一兵曾亲历过深圳地区的考古发掘工作，他认为，深圳作为我国南方古越族的一支及其先民的聚居地，其历史至少可以上溯到6000年以前的新石器时代中期，此后历经秦汉，到东晋成帝咸和六年设立东官郡和宝安县，此地（包括今天的东莞、深圳和香港）一直保持着独特的文化现象，与周边地区明显不同，如“东宝片方言”、“一丈乌大襟衫”服饰等，其传统建筑也与上述周边地区有着显著区别。

宝安式小铳斗炮楼

张一兵说，在建筑界，建筑史是一门边缘学科，古建筑研究是边缘中的边缘。作为专业研究者，他最早关注的是深圳的炮楼，这也是他获得官方支持的第一个研究项目。

在广府文化区的周边疏密不等地分布着多种样式的炮楼，最密集的炮楼分布在该文化中心两翼，右侧是南部的开平一带，左侧是东南部的深圳、东莞、香港一带。

深圳、东莞、香港一带的炮楼，顶部大都设有小铳斗式的突出的射击平台，装饰朴素无华。该地区在东晋时设宝安县，唐宋元时期设东莞县，明万历以后分设东莞县和新安县，民国时期称东宝地区，所以张一兵将其命名为“宝安式小铳斗炮楼”。张一兵说，宝安式炮楼与开平碉楼有一个共同特点：如果属于核心家庭，就有一个小院子；如果属于大家族全村的，就没有院子。

但它们之间又有着明显的区别：宝安式炮楼早期设置麻石箭窗或者麻石炮眼，晚期顶部设小铳斗式突出射击平台，而开平碉楼顶部大都设[illegible]周突出的射击平台或围廊，布置大量狭小的射击孔；宝安式炮楼材料基本上是夯土的，而开平碉楼的基础材料主要是钢筋混凝土；宝安式炮楼的内外装修基本上是中国传统风格的，朴素无华，而开平碉楼的内外装修基本上是西洋风格的，装饰华丽。所以张一兵认为，开平碉楼是西洋式的，宝安炮楼是正统的东方式的。

张一兵说，20 世纪 80 年代时，宝安式炮楼在深圳还有 600 多座，但遗憾的是，高速推进的城市化建设对此类传统建筑造成了不同程度的破坏。他认为，宝安式炮楼是本土文化的产物，进行这项研究的目的在于促进民众文化意识的提高，同时呼吁政府保护好这些在深圳甚至在中国都很有特色的炮楼。

中心巷尾神厅式村围

深圳蔡屋围老围、香港沙田积存围是典型的广府民系围合式住居建筑组群，本地人一般称之为村围。罗湖笋岗村的元勋旧址、民治白石龙村等并不以围命名，但也是典型的广府围合式住居建筑。村围分为两种：通过一次规划并建设而成的，称为原生型村围；通过二次以上规划并完成的，称为派生型村围。原生型村围只存在于今天的东莞、深圳和香港一带，而派生型村围则分布于包括今天广州市周边更为广大的地域范围。

张一兵认为，原生型村围和派生型村围各自内部又有许多变化，都有自身的基本型和衍化型，有多种不同的型与式，是原生型和派生型等多种型与式组合的复杂系统。

原生型村围的基本式有着最为简单的平面布局，其特征是：先建一圈近似正方形的夯土或青砖围墙，四角大都建有炮楼，围墙正面大约正中仅留大门一座，其余三面无门出入，大门内为一条直通后墙的沿中轴线设置的中心巷道，巷道尽端是一间倚靠后墙而建的“神厅”，巷道两侧横向布置三到五排单层住屋，围墙体与围内建筑之间有空间隔开，村围建成后一般在围墙内侧倚墙建造一周规格较小且简易的杂物间，以后再发展为正规住屋。因此，张一兵称这种围合式住居建筑组群为“中心巷尾神厅式村围”，其代表者为笋岗村元勋旧址，建造于明代早中期，另外还有福镇围、沙嘴围、皇岗老围等。原生型村围又有发展式，其平面布局在前述基本式的基础上有所变化：整体面积明显扩大，排屋平面更为复杂。其代表者为深圳上游松，香港吉庆围，东莞的白沙水围、赤岭大围等。

派生型村围的基本式，其平面都以先期建好的开敞式村庄为基础，在整个村庄受到社会动乱的威胁或其他原因影响时，再规划建造全封闭村庄外周围墙，其平面呈不规则多边形，中轴线上无中心巷道，围墙上设置 5 个到 12 个甚至更多炮楼，其代表者为升平围、满堂围等。派生型村围的发展式，其平面开始趋于规整，往往先建好横平竖直的开敞式村庄，再规划并在其周围建造独立于围内建筑的长方形围墙，其代表者有赤尾老围、福田祠堂村等。

种类多样的客家传统建筑

前段时间，深圳传统的客家围屋，如龙岗区坑梓镇秀新社区新乔世居、坪山区的大万世居等受到较为广泛的关注。其实，张一兵说，客家传统建筑自身体系复杂，包括四大类型：围龙屋、围堡、土墙围、排屋。围龙屋只是其中之一。

张一兵介绍，一般传统建筑的大类型中，往往都有相对独立的祠堂、庙宇等子类型，而客家型则不然，其祠堂、庙宇等子类型往往包含在围龙屋、围堡、土墙围、排屋等传统建筑之中，或者夹在排屋的中间，极度缺少独立性。

围龙屋是一种围合式住居建筑组群，来源于古代的嘉应州（今梅州）地区。其基本形制是前面为半圆形池塘，塘边是禾坪，禾坪后为围龙屋的主体，外围为单层长排屋；前半部是中设祖公堂的近似方形的围屋，后半部是半圆形长排屋，正中为龙厅，以聚藏龙脉，合称为“围龙”，围龙屋即得名于此。其主建筑后往往有风水林。张一兵说，围龙屋流传到深圳地区以前就已经有许多变体，流传到深圳地区以后，又产生了数量繁多、形制各异的新变体。

排屋也是客家传统建筑中的重要类型，这是一种开敞式住居建筑组群，其基本形制是硬山（隔间墙）搁檩排屋，屋顶或用深圳本地的飞带式垂脊，或用客家中心地的白灰梢垄式垂脊、排瓦正脊。其次级形制有外凹肚式、内凹肚式、平排屋式、枓廊屋式、齐头屋式、宝安二水归槽式等。客家排屋主要来源于古代的归善县，又有对本地排屋的多种改造型。

中西合璧得风气之先

西风东渐，广东是最重要的通道。清代中、晚期以及民国时期，西洋文化开始大规模影响广东沿海地区。鸦片战争以后，英国人从原新安县割据香港，大兴土木，其建筑类型自然是西洋式的。受此影响，深圳地区也出现了大量的“西洋楼”，其中比较典型的样式有“骑楼”“鬼佬楼”。

这种“西洋楼”是中西合璧式的，往往是广府或客家建筑的格局，而外观形式和装饰是西式的。张一兵感叹，这真是“中学为体，西学为用”的具体表现。他说，这种“西洋楼”集客家、广府和西洋建筑特点于一身，是不同民系和不同国家建筑文化的融合，独具匠心，充分体现出中国人的聪明才智，是不可多得的历史文化遗产。现存最早的此类建筑，是位于宝安区沙井镇新二村的曾耀天宅。

还有本地传统风格的康杨二圣庙，建于清道光四年

（1824）。该庙坐东朝西，三间两进，约180平方米，庙宇用花岗石作墙基，清水砖墙，硬山式建筑，绿琉璃瓦剪边，辘筒灰瓦面，琉璃正脊雕饰仿欧式建筑及西洋人物图案，垂脊下部博古饰及瓷烧坐狮一对，门匾写着“康杨二圣庙”。庙内北次间耳房墙壁嵌着“重修康杨二圣庙碑记”字样石碑两块，分别刻有清嘉庆、道光年间重修此庙经过。初考证，康乃宋朝初年龙捷指挥使康保裔，在抵抗金兵牺牲后被封为“威济善利学应烈王”；杨乃是宋末忠臣杨亮节，护驾有功，官封处置使和杨侯王。将此二人称“圣”，并建庙合祀，在广东地区也是较为独特的。

张一兵说，如果认真地对深圳地区的传统建筑进行分区分期、分型分式研究，就会发现它绝不是我们原来想象的那样简单，而是一个庞大复杂的体系。深圳既然如此，全国各地的复杂程度可想而知，因此他又将研究视野扩大到国内的传统建筑。

（2017年2月28日）

看南澳渔民万人“舞草龙”

聂　灿

刚刚过去的2017年春节，南澳渔民过年的“舞草龙”习俗和民间大节相结合，万民喜庆，颠覆了人们对“深圳没年味儿”的固有认知。

南澳渔民古称“疍民”，土称“疍家佬”，在旧社会，除了受岸上人歧视，还要受海上台风威胁。因此，渔民常常在船上架起香炉，朝天跪拜，祈求妈祖保佑平安。以此遗留下来的南澳“疍民过年习俗”，成为深圳市南澳一带渔民有百年历史的独特风俗，于2006年12月被批准为深圳市首批非物质文化遗产保护项目，2007年6月入选广东省第二批非物质文化遗产代表作。

南粤古老的居民

疍民，又称“水上居民”“疍家”，是古百越族一支属水上生活的以渔猎为生的古老民系。据深圳本土民俗学者廖虹雷介绍，过去粤人“以舟为室，视水如陆，浮生江海者”。疍民又曰“蜑民”。“蜑”，古音延，今读“但”，“蜑有三，一为鱼蜑，善举网垂纶；二为蚝疍，善没海取蚝；三为木蜑，善伐山取木”。疍家后来又有称“艇家”。

疍民来源有各种说法。根据《说文解字》及顾炎武《天下郡同利病说》等的记载，其为“南方之夷”，“林邑族”；再据“汉族分支”的说法，“他们的祖先，因避干戈之扰，潜居水中，子孙习惯，所以永滞水上”。据了解，疍民不只是广东珠三角独有，在我国东南沿海各省的江河湖海沿岸，直至南洋群岛各处都有疍民所居。为此，广州（珠三角）的疍民应是广东最古老的主人之一，南越族遗民的许多生活习惯，与古南越族相似或相同。

疍家之“疍”，与汉语本义无关，纯属于译音。从古代的岭南情形看，南越族可分为两大支系：一为“山越”，这种人多居住在陆上或山区里，从事农业生产，这是依靠农业经济而生存发展的山地南越族群；另一则是南越族中生活在水上的居民，这部分居民，有的“披发文身”，有的“断发文身”，两种习俗同时存在。这一支系有“以舟为居”、“浮家江海”的习性，至今仍有此习性的为数不少。他们现在在岸上建有砖瓦房或钢筋水泥楼房，而在20世纪50年代以前则多为“茅寮”或“水棚”，主要经济手段仍沿袭传统生活方式，驾上一叶扁舟出江下海，或捕鱼，或渡客，或运输，或在水边滩涂摸虾捉蛤，或上岸砍木卖柴为生，一般均生活很贫困。今天，随着经济发展，绝大部分居民已移居岸上建屋立业，或半农半渔，或半工半渔，或半商半渔，有相当一部分已完全脱离了传统的渔民生活，在陆上与其他汉族居民一样，从事各种经济活动，经商、办厂、做工或从事其他多种多样的职业。

独具特色的渔民风俗

由于南澳渔民多生于江海，居于舟船，随潮往来，捕鱼为业，逐水而居，漂泊无定，自成一独特的社会阶层，因此也衍生出独特的渔民文化风俗。

南澳渔民的节日庆典也自有特色。每年农历三月十五是“玄坛诞”，是男人们最高兴的日子；而农历七月初七的“乞巧节”就是妇女们最为欢乐的日子了。七夕之日，妇女们不再做活，将住艇布置一新，在艇头供上香案，摆上水果和乞巧的东西，均是精心制作，别出新意，争奇斗巧。南澳渔民的婚俗，虽和陆上居民一样，要父母之命、媒妁之言，但其婚庆有自己的水上特色。

如今，在南澳渔民的各类风俗文化中，最有意思的当属“疍民过年习俗”。南澳渔民认为春节是“神圣日”，不能喝粥或饭汤，否则出海将有大风雨。吃鱼忌翻身，担心出海翻船。除夕晚祭祖要吃斋，因为此日“弥勒佛坐位”。这天最重要的事是祭海神、拜祖先。吃完年夜饭洗“柚叶水”，“柚”与“佑”谐音；零点放鞭炮，叫“试年更”。此外，南澳渔民非常敬重渔船，过年时，除“令旗”外，船的其他部位都要装饰一番。船头贴“福”字，船眼贴“龙睛神采”，主桅贴“顺风得利”，船尾贴“海莫扬波”，舵上贴“万军主帅”，船舷两侧插上系着红线的树枝以驱邪。船舱门贴春联、挂灯笼、摆年橘，全船装扮一新。

封建时代，南澳渔民由于世代卑处社会底层，逐水而居，生活不安定，身家财产常有不测之虞，又得不到文化教育，所以在他们的生活中一直保留着许多落后、愚昧的习俗，统治者也把他们列为贱民，视为化外，禁止他们读书、应试、当兵，不准上岸定居，备受歧视欺凌。中华人民共和国成立后，国家帮助南澳渔民上陆定居，并发展文化教育事业，南澳渔民普遍有了文化知识，那些在长期的贫困、愚昧中形成并流传下来的落后习俗、习惯亦已渐渐消退，成了历史的陈迹。

万人“舞草龙”

南澳渔民过年，最热闹的莫过于上万人“舞草龙”习俗。《宝安县志》记载：“火龙（又叫草龙）只流行于南澳镇的渔民区。每年正月初二晚进行表演。”

相传100多年前的一个晚上，妈祖显灵托梦，说过年时用众人合力插满香火的火龙可降服飓风。渔民把梦当真，于是当年的大年初二就由有威望的人家，组织青壮年渔民上山割野草，扎成草龙，插满高香，晚上数十人在沙滩上舞动草龙，奉上祭品，随着震天的锣鼓和鞭炮声，向海祭拜。由于他们以船漂泊，岸上没房没地，不能贮放草龙材料，只能年初二那天上山割草，在黄昏扎制成33节至60多节的草龙，在天后宫前焚香烧纸拜天后、祭海神，然后在锣鼓和鞭炮声中，沿海滩向家家户户停靠在海湾的船艇拜年。最后，就在沙滩上将草龙焚化拜祭，意指龙归大海，希望风平浪静。

当天“割草”，当天“扎龙”，当天“耍龙”，当天“化龙”，俗称“一天龙”的“舞草龙”习俗就这样形成了。

据介绍，“舞草龙”习俗固定每年大年初二的时间，固定在天后宫至海滩一带的地点，百年不变。陈新娇老人（1992年去世）曾说，她10岁时，民国初期（大约1915年），因官府征税过多，渔民负担过重，迫于生计，过年也要出海。这一年的南澳舞草龙祭海推至正月十五才进行，结果就在这一年内，有一户渔民出海打鱼遭遇海难。从此，渔民定在大年初二舞草龙祭海，不敢随便变更。

南澳渔民的“舞草龙”习俗，全靠口耳传授，没有文字资料传承。据原南澳公社渔民大队支部书记李容根（现年74岁）讲述，他家八代前由福建沿海漂泊过来，他父亲说过南澳舞草龙有100年历史。中华人民共和国成立前，他八九岁时看过父亲（李丁）舞草龙祭海。他记得母亲还说过他的祖父也是舞草龙的人。到了20世纪50年代，李容根亲自在海边沙滩上舞过草龙；六七十年代渔民新村建起来了，渔民上岸，他当上渔民大队支部书记时还带领草龙队，在渔村每条小巷为家家户户拜年。现在，他的三个儿子都是舞草龙的骨干，三代舞龙，四代相传。

据介绍，“舞草龙”习俗，曾经在“文革”时期被迫中断10年。改革开放后又恢复，建立了新的舞龙队伍，特别是2004年春节，祭海场面隆重，草龙舞得非常热闹，不单本渔村渔民、镇上的人参加，许多从香港回来的原南澳籍渔民和镇外面的人也赶来看热闹，熙熙攘攘，人数上万。

极具历史、艺术、社会价值

南澳草龙舞于2006年12月被批准为深圳市首批非物质文化遗产保护项目，2007年6月入选广东省第二批非物质文化遗产代表作。它既是娱神、娱人的民间狂欢，又使传统的春节增添了龙的图腾和地方祭典风情的民俗文化含量。

深圳“非遗”专家、深圳市非物质文化遗产保护中心前办公室主任王程太表示，今天传承和研究“疍民过年习俗”，有如下三个方面的价值。

首先是历史价值。祭海习俗，体现了南澳渔民的传统社稷文化，承载着南澳渔民的历史文化信息和原始记忆。南澳渔民长期在海上漂泊的历史和不稳定的生活环境，使他们通过“一天龙”娱神及祭祀天地神的形式，将古老的渔民文化保持和延续。这对研究南海渔民的生产、生活历史演变，具有一定的参考价值。

其次是民间艺术价值。舞草龙祭海活动，是深圳典型的渔民文化风俗，较突出地反映了中华人民共和国成立前渔民的社会地位、文化思想、民间信仰和文化内涵；通过扎龙、舞龙和祭海形式的民间艺术展现，对挖掘和弘扬深圳地区沿海渔民的传统文化艺术，具有较好的参考作用。

再次是其社会价值。舞草龙活动固定在春节期间，和中国传统的喜庆大节相结合，除了展示南澳渔民的智慧，还给偏远的渔村营造喜庆热闹的节日气氛。万民同乐，对丰富群众精神文化生活，构建和谐社会，无不有积极的现实意义。

（2017年2月21日）

精品栏目荟萃

《副刊面面观》

《心香一瓣》

《纽约客闲话精选集　一》

《多味斋》

《文艺地图之一城风月向来人》

《书评面面观》

《上海的时光容器》

《谈艺录》

《问学录》

《名人之后》

《纽约客闲话精选集　二》

《编辑丛谈》

《本命年笔谈》

《国宝华光》

《半日闲谭》

《这么近，那么远》

《群星闪耀》

《深圳，唤起城市的记忆》

个人作品精选

《踏歌行》

《家园与乡愁》

《我画文人肖像》

《茶事一年间》

《好在共一城风雨》

《从第一槌开始》

《碰上的缘分》

《抓在手里的阳光》

《阿 Q 正传》

《风吹书香》

《书犹如此》

《泥手赠来》

《住在凉山上》

《老解观象》

《犄角旮旯天津卫》

《歌剧幕后的故事》

《色香味居梦影录》

《走读生》

《回家》

《武艺十八般》

《一味斋书话》

《收藏是一种记忆》

《沙坪的酒》

《花树下的旧时光》

《嘉兴人与事》

《“闲话”之闲话》

《红高粱西行》

《丽宏读诗》

《流水寄情》

《我从〈大地〉走来》

《守望知识之狮》

《慢下来，发现风景》

《有时悲伤，有时宁静》

《装帧如花》